# けんか大名

## 婿殿は山同心3



氷月 葵

時代小説
二見時代小説文庫

けんか大名――婿殿は山同心3

目次

第一章　盗人侍《ぬすっとざむらい》　7
第二章　葵御紋《あおいごもん》の姫君　58
第三章　長《なが》の仇敵《きゅうてき》　111

第四章　争奪戦　172
第五章　割れてのち　227

# 第一章　盗人侍《ぬすっとざむらい》

## 一

上野《うえの》の山は今日も人でにぎわっている。冬の名残《なごり》の冷たい風は吹くものの、梅の香りが春を感じさせていた。

根本中堂《こんぽんちゅうどう》から黒門《くろもん》へと下がっていく参道を、巻田禎次郎《まきたていじろう》はいつものように見廻る。

最も人の多い道だが、それゆえにあまり騒ぎも起きない。

禎次郎はにない堂へと向かう。二つの堂を二階の渡り廊下で繋いだ堂宇《どうう》であり、参道はその下を通っている。

その参道の途中で、禎次郎は前から来る一行に目を留めた。

先頭はいかにも殿様然とした武士だ。おそらく大身《たいしん》の旗本《はたもと》か大名だろう。その一歩下がった横を歩く老年の武士は、長方形の木箱を捧げ持っている。肩幅よりもやや大きいその箱には、恭《うやうや》しく錦《にしき》がかけられ、歩みにつれて揺らめく。そのうしろには十数人はいるであろう男女の姿があった。

横をすれ違って、禎次郎はにない堂をくぐり抜けた。ここからはゆるやかな勾配《こうばい》が黒門まで続く。

ゆっくりと坂を下りていると、背後から大きな声が上がった。

「盗人だ」

「待て」

いくつもの怒鳴り声に、禎次郎は振り返った。

坂の上から一人の侍が走って来る。袴《はかま》を翻《ひるがえ》し、腕には木箱を抱えている。

あっと声を上げて、禎次郎は十手《じって》を腰のうしろから抜いた。

長方形の木箱は、先ほどすれ違った一行の掲げていたものらしい。錦はなくなっており、白木《しらき》の肌が見えている。

十手を手にした禎次郎が、走って来る侍の前方へと進み出た。十手がきらりと陽に輝く。侍はそれに気がつき、身をひらりと横へ躱《かわ》すと、たちまちに人混みの中に走り込んだ。参拝客らは何が起こったのかと、目を丸くして集まって来ている。

「待て」

叫び声が坂を下りてくる。一行の武士が追って来ているのだ。

「待て」

禎次郎も声を出して、侍を追う。

人混みを右に左にとよけながら、侍は走る。

禎次郎も同じように進みながら、十手を左手に持ち替えると、懐から棒手裏剣《ぼうしゅりけん》を取り出した。

手に構えて、狙いを付けようとするが、人々に邪魔されて定めることができない。

そこにふっと隙間ができた。侍のうしろ姿が現れる。

侍の肩に狙いを付けた。

棒手裏剣を放つ。

「ひゃぁっ」

上がったのは、まわりからの声だ。

だが、棒手裏剣は狙いどおりに命中した。

侍がよろけて、箱が落ち、大きな音が響き渡る。箱の中から、巻物と漆塗りの厨子《ずし》が転がり出る。

侍は肩の棒手裏剣を抜くと投げ捨て、転がり出た厨子を目で追った。

禎次郎が走り寄ると、侍はすぐに厨子を拾い上げ、再び走り出す。禎次郎もそのあとを追う。下り坂を巻物が転がるのを見て、禎次郎はそれを拾い上げた。

「待て」

一行の武士も追いついた。

坂の先に山の入り口である黒門も見えてきた。黒く塗られた太い木を格子《こうし》に組んだ、大きな冠木門《かぶきもん》だ。

厨子を抱えて侍はそこへ向かって一直線に走っている。

「門を閉めろ」

武士が叫ぶ。

黒門の門番は坂を下ってくる騒ぎを見上げるが、呆然としている。

「門を閉めろ」

武士がもう一度、叫ぶ。が、黒門の門番は山の目代《もくだい》の配下であり、見も知らぬ武士の命令を軽々《けいけい》に聞くわけにはいかない。

そこに別の声が上がった。寺侍《てらざむらい》の山同心が、騒ぎを聞いて駆けつけて来たのだ。

「早く閉めろ」

叫び声が上がる。

上役に当たる山同心の命令で、門番はようやく門を動かしはじめた。

盗人侍は走る。

禎次郎や一行の武士、寺侍もそのあとを追う。

門はゆっくりと閉じかけている。

大きな門のあいだを、侍は通り抜けた。

門番はそのまま閉めつづける。

「馬鹿者、開けろ」

寺侍が叫ぶ。

しかし、閉まりかけた門は、その勢いにのって閉じた。

木箱を抱えた盗人侍はちらりと振り向いて、そのまま門前の広場を駆け抜けて行く。

「開けろ」

武士は門に手をかけて、怒鳴る。

禎次郎はその横で、息を吐いた。もう間に合うまいよ……そうつぶやいて、人混みの中に紛《まぎ》れていく侍の背を見送った。

ゆるゆると開けられた門の前に、一行が下って来た。追って来た武士は、先頭に立つ殿様に頭を下げて身を縮める。

「申し訳ありませぬ」

殿様は眉を寄せてそれを見る。と、その横から壮年の家臣が進み出た。

「この役立たずがっ。おめおめと逃げられるとはなにごとか」

眉をつり上げる家臣を、殿様が手で制した。

「もうよい、こちらも不覚であった」

「なれど、殿、これはあの者らの仕業《しわざ》では……」

「逸《はや》るでない。場《ば》を心得よ」

殿様が眉間にしわを寄せると、家臣は口をつぐんだ。

「あの」禎次郎はその前に進み出た。「取り逃がしてしまい、面目《めんぼく》ありません。わたしは南町奉行所から山同心として出向《しゅっこう》しております巻田禎次郎と申す者」

ふむ、と顔を向けた殿様に、禎次郎は手にした巻物を差し出した。

「厨子は奪われましたが、これはなんとか……」

「おお、そうか」

殿様は掲げられた巻物を手にとって、眉間のしわを弛《ゆる》めた。

「まあ、ようございました」

その背後から、若い女の姿が進み出ると、その巻物に手を添えた。禎次郎を見て微《ほほ》笑《え》む。

「これは亡き母上直筆《じきひつ》の祈願文《きがんもん》。お家安泰という母上の願いがこめられた、大切な物なのです。礼を申します」

いえ、と頭を下げる禎次郎に、老年の武士が進み出た。一行の先頭で木箱を掲げていた武士だ。厳《おごそ》かな佇《たたず》まいの武士は、殿様を目で示して禎次郎に声をかけた。

「こちらは木島《きじま》藩主の若崎清道《わかさききよみち》様である。わたしは家老の今井重光《いまいしげみつ》と申す。この棒手裏剣はそなたのものか」

今井は、侍が抜いて捨てた棒手裏剣を拾っていた。

「あ、はい、そうです」

禎次郎がそれを受け取ると、今井は頷いた。

「おかげで祈願文は取り戻すことができた。礼をいう」

「しかし、肝心の観音像が……」

盗人侍を追って走った武士が、息を乱しながら歯ぎしりをする。

禎次郎は深々と頭を下げた。

「申し訳もありませぬ」

その背後から、聞こえよがしなつぶやきが起こった。

「ふん、近くにいながら取り逃がすとは、埒《らち》もない」

寺侍が憮然として禎次郎を押しのけると、一行の前に立つ。

「盗人を逃がすとは、真《まこと》に面目なき次第。お詫び致します」

「ああ、もうよい」

若埼はくるりと背を向けて、一行に振り返った。

「屋敷に戻るぞ。いずれ出直そう」

「はい」

一行はしずしずと列を整えると、静かに黒門を出て行った。

禎次郎は詫びの気持ちを込めて、そのうしろ姿に頭を下げた。


「旦那、盗人騒ぎがあったそうですね」

小者《こもの》の雪蔵《ゆきぞう》が小走りにやって来て、坂を上る禎次郎と並んだ。

「すみません、あたしは学寮のほうを見廻っていて気がつきませんで」

「いや、ありゃあ、しょうがない、なにしろあっという間のことだったからな。盗んだのは侍なんだが、なにしろ足が速くて……」

禎次郎はことの経緯を話した。

「へえ、若埼様ですか。そいじゃ、またあれかな」

雪蔵の言葉に禎次郎は首をかしげる。

「あれとはなんだい」

「ええ、前にもひと騒ぎあったんですよ。実は、若埼家とは昔から仲のよくない岸河《きしかわ》藩北吉《きたよし》家というお家がありまして……あれは一年半ほど前だったと思いますが……」

雪蔵が記憶を探るように上を向く。

禎次郎は山同心になってから、まだ一年経っていない。が、この雪蔵は前任者に長く仕えていたので、山のことはなんでもよく知っている。

「そうだ、お盆の頃です。北吉家が太鼓を奉納をするために、持って来たんです。そのときに、まあ、偶然なのか、待ち構えていたのかはわかりませんが、若埼家の家臣の一行とかち合いまして、小競り合いが起きたんです」

「へえ、斬り合いにでもなったのかい」

「いえ、さすがにお山で刀を抜くようなことはしません。けど、ぶつかったぶつからないで殴り合いになりましてね。あたしはちょうど居合わせたんですが、殴られたお人がぶつかったはずみで太鼓が落ちて、傷がついちまったんですよ。これじゃあ、奉納なんぞできやしないというので、帰って行ったんですが、北吉家のほうはそりゃあ怒り心頭《しんとう》で……」

「ふうむ、そりゃあそうだろうな」

「ええ、ですから……まあ、こんなこと迂闊《うかつ》にはいえませんが」雪蔵は辺りを見まわして小声でいった。「今日のは、その意趣返しかもしれませんね」

なるほど、と禎次郎はつぶやく。そういえば壮年の家臣が「あの者らの仕業では」といっていたな……。

考え込む禎次郎に、また「旦那」と声がかかった。

前から小者の勘介《かんすけ》と中間《ちゅうげん》の岩吉《いわきち》が、やって来る。

「騒ぎがあったそうですね、すいやせん、気がつかずに……」

頭を下げる勘介に、雪蔵が聞いたばかりの話をする。

「へえ、また若埼様ですかい。そりゃ、確かに北吉様が疑われるでしょうね」

肩をすくめる勘介の横で、岩吉が口を開く。

「わっしはずいぶん前に、お城の近くでけんかを見たことがある。両家のお殿様同士が言い争っておりました」

「へえ、そりゃ……どんなだったんだい」

目を見開く禎次郎に、岩吉はのっそりと腕を上げて、駕籠を担ぐ仕草を見せた。

「御登城の行列が、かち合ったんでしょう。こう、どっちもムキになって先に進もうとしてやして……で、角でぶつかったんです」

「ああ」と勘介が手を打つ。「その話、おいらも聞いたぜ。ぶつかったあとに双方の駕籠からお殿様が降りてきて、無礼千万、と怒鳴ったっていう話だ。あっという間に噂になって広まったよな」

「そうだ」岩吉が頷く。「お殿様が出て来て、慮外者《りょがいもの》だの礼儀知らずだのって、向かい合って罵《ののし》り合っていた。偉いお方でもあんなふうに悪態を吐《つ》くのかと思って、おもしろいからずっと見ていた」

「へえ、そんな話は知らなかったな。確かにおもしろそうだ」

禎次郎の苦笑に勘介は肩をすくめる。

「へへ、町方《まちかた》のほうが噂が広まるのは早いですからね。お武家みたいに体面がない分、なんでも話のネタにしちまうんでさ」

そうそう、と雪蔵も笑う。

四人はぶらぶらと坂を上りはじめた。禎次郎は三人を振り向く。

「冷えるから甘酒でも飲むか」

へい、と三人の声が揃った。

木刀を手に、禎次郎は屋敷の庭に出た。朝の日射しは屋根の上から照りはじめたが、まだ残る冷気に、吐く息が白くなる。

「えいっ」

声を上げて、禎次郎は素振りをする。

上段の構えからまっすぐに振り下ろすと、空《くう》を斬る音が鳴った。それをいくたびも繰り返すうちに、汗が額ににじみ出てくる。

禎次郎は離れを見た。庭の片隅に立つ小さな離れから、戸の開く音が響いたからだ。離れに暮らす浪人近野平四郎《こんのへいしろう》が、やはり木刀を手にして、現れた。

「先生、おはようございます」

禎次郎が礼をする。

香取神道流《かとりしんとうりゅう》の免許皆伝《めんきよかいでん》である平四郎から、禎次郎は教えを受けている。棒手裏剣を教えてくれたのも平四郎だ。その腕が上がった頃、平四郎はいつものように大時代な口調で、ある提案をしてきた。

「剣術を修める気はござらぬか」

「ああ、いや」禎次郎は首を振った。「子供の頃、道場には通ったんですが、どうにも才がないようであきらめたんです」

「才がない、と……いや、あると思うが。師範はどのようなお方でござった」

「はあ、おれがついたのは若い師範代で、とにかく厳しくて、痣《あざ》だらけになりました。もう痛いし、つらいしで……」

「ふうむ。それはそなたには向かなかったのであろう。厳しくされて伸びる者もあるが、潰《つぶ》れてしまう者もある。師と弟子には相性《あいしよう》というものがあるのだ。合えば伸びるが、合わなければ、逆に萎《な》えてしまうものよ」

「はあ、なるほど。確かに、気の強い者は、打ちのめされるたびにやる気を出して伸びていきました。そうか……おれはこんな惰弱者だから、すぐにやる気をなくしてしまったってことですか」

「うむ。そうであろうな。そなたのような質《たち》ならば、ゆっくりとやっていけばよいのだ」

「はあ」と禎次郎は頷き、その日から木刀を手にするようになった。

　木刀の持ち手も、今ではずいぶんと黒ずんできている。

「早くから励んでおるな」平四郎は禎次郎と向き合う。「今日は非番とみゆる」

「はい。ですから、こうして稽古に精を出しています」

「よし」と、平四郎は木刀を構える。「相手を致そう」

はい、と礼をして、手に力を込める。

「とうっ」

打ち込む禎次郎と受ける平四郎の切っ先が交わり、かんと鋭い音が響く。

踏み込み、退き、二人の木刀が右に左に打ち合って響き合う。

「よし」

平四郎の言葉に、禎次郎は大きく腕を上げ、木刀を振り下ろす。その切っ先が横に
掲げた師の木刀に弾かれる。

一歩、退いて、禎次郎は息を整えた。

じりり、と平四郎が足元を滑らせながら、口元を弛める。

「うむ、だいぶよくなってきたぞ」

はい、と禎次郎も頬を弛めた。と、その瞬間、平四郎の木刀が風を切り、禎次郎の
木刀を打った。手が震え、落としそうになった木刀を、必死で握り直す。

ふっと、平四郎が半歩、踏み出した。が、その二人のあいだに、声が割り込んだ。

「婿殿」

巻田家の姑滝乃《たきの》が、こちらに小走りでやって来る。

「あ、はい」

木刀を下ろして、禎次郎が振り返ると、滝乃は慌てふためいたようすで手を振る。

「大変……屋敷の前にお行列が来て、駕籠が二つ……婿殿、そなたを訪ねてきたそうで……」

「はぁ、母上、落ち着いてください」

常ならぬ母の取り乱しように、禎次郎は手でそれを制する。滝乃はすうっと息を吸うと、声を整えた。

「お客様お二人を奥にお通ししました……なにやら御大層な身なりで……早くおいでなさい」

二人のやりとりを見ていた平四郎は、禎次郎に声をかけた。

「なれば、今日はこれまで。行かれるがよい」

はい、と礼をして、禎次郎は滝乃のあとに従う。

すでに奥に通したという母について行くと、禎次郎は廊下であっと声を上げた。

床の間の前で座っているのは、先日、上野の山で言葉を交わした若埼家の二人だった。一人は家老と名乗った今井。もう一人は姫君だ。

「これは……」

あわてて向き合って手をつく禎次郎に、今井はうむ、と頷いた。

「これは先日、世話になった礼だ」

菓子折らしい木の箱を、風呂敷を解《ほど》いて出す。禎次郎はそれに掌を向けて、首を振った。

「あ、いえ、そのような。そもそも、盗人を取り逃がしたのですから、お詫びこそすれ、礼など滅相《めっそう》もない」

「よいのです」

高くすんだ姫の声が返る。今井は傍らの姫を手で示した。

「こちらは若埼家の姫君佐奈《さな》様であられる。そのほうと直《じか》に話がしたいと仰《おお》せられてな、参られたのだ」

きょとんと見上げる禎次郎に、佐奈姫は微笑んだ。

「そなたが南町奉行所の同心と聞いて、頼み事をしたく思うたのです」

「は……」

首をかしげる禎次郎に、今井が腕を組む。

「ふうむ、どこから話せばよいか……」

あの、とそこに廊下から声が洩れた。

妻の五月《さつき》が茶と菓子を運んで来たのだ。

「失礼致します」

あわてて買ってきたらしい高そうな菓子と茶を、二人の客人の前に置く。そのまましずしずと、妻は出て行った。

それを見送って、今井は腕をほどいて、手を膝に載せた。

「巻田禎次郎殿、そなた、我が若埼家のことについて、なにか聞き及んでおるか」

一瞬、喉を詰まらせたものの、禎次郎は思い切って頷いた。

「ええと、その……北吉家と確執がおありだということでしょうか」

「うむ。そのことよ」今井は頷く。「我が木島藩は、分家として作られた小藩なのだ。今から七十年ほど前、元禄《げんろく》の頃に、そこそこの石高を持つ藩が、分家の小藩を作ることを許されたのは存じておろうか」

「ああ、聞いたことはあります。参勤交代の大名行列などは、お家の格に従って揃えるのがなかなかに大変だそうで、分家を作って石高を小さくするのが流行《はや》ったらしい、とか……」

「ふむ、まあ、税のことなどもあってな、そうしたことが行われたということだ。で、我が藩も当時の御次男が分家を作られたのだ」

「そうでしたか」

「うむ。そこで駿河台《するがだい》に屋敷を造ったのだが、そのすぐ近くに、やはり同じように分家をした大名が屋敷を建てた。それが同じ一万石の岸河藩、北吉家だったのだ」

「我が屋敷の斜め向かいなのです」

佐奈姫が続けた言葉に今井も頷く。

「さよう。新参者同士でなにかと競い合ったらしくてな、それがいつのまにやら仲違《なかたが》いを生んだようなのだ。まあ、当時の者は最早おらぬので、仔細はわからぬのだが」

「はあ。では、その頃からずっと、仲がよろしくないのですか」

「まあ、御先代の頃にはそれほどではなかったのだが、今はちと、な」

歪めた頬で今井が俯《うつむ》くと、佐奈姫が身を乗り出した。

「なれど、わたくしはこたびのこと、北吉様の差し金とは思うておりません。家臣らは、なにかことが起きるたびに北吉家のせいと考え、それがますます敵意を煽《あお》ることになるのです。わたくしはそれを早急に抑《おさ》えたいのです」

はあ、と禎次郎は首をかしげる。なにゆえに、そのようなことを自分にいうのか、得心できない。

「わたくしは……」佐奈姫は息を吸い込んだ。「両家の和睦《わぼく》を望んでいるのです。巻田殿、力を貸してはくれまいか」

「は……わたしが、ですか……」

戸惑う禎次郎に、佐奈姫は深く頷いた。

「厨子を盗んだ侍の顔を、わたくしたちは見ておりません」

「はい」今井も頷く。「わたしの手から奪い取ったのは、ほんの瞬《また》く間のできごとで、姿もまともにわかりませなんだ。されど、巻田殿は、正面からあの侍を見たはず」

ああ、と禎次郎は腑《ふ》に落ちる。

「確かに、坂を下りてくる侍を見ました。そうですね、なかなか品のいい顔立ちをしておりましたが、鬢《びん》もほつれておりましたし、あの袴もずいぶんと着込んでいるようす。いずこかの御家臣というよりも、浪人風と見てとれましたが」

「やはり、そうですか」

姫は手を合わせると、目を輝かせて今井の顔を見た。

「ほうら、わたくしの推量どおりではありませんか。あの者は行きずりに盗みを働いただけに違いありません。きっと北吉家とはなんの関わりもないのです」

「ふうむ、そうかもしれませんな。関わりの証《あかし》もありませんし」

ええ、と佐奈姫は禎次郎に向き直る。

「ですから巻田殿、あの者を捜し出してもらいたいのです。あの者が北吉家と無縁であることがわかれば、家臣らの騒ぎも収まるに違いありません」

「ふむ、それと」今井も禎次郎を見る。「あの観音様の行方も知りたい。あの仏像は由緒あるものでしてな、あれを取り戻さねば面目が立たんのだ。巻田殿は南町奉行所の同心となれば、探索はお手の物であろう」

あ、と禎次郎は息を呑んだ。そうか、勘違いしているのだ……。ずっと見廻り方をしてきた同心と思い込んでいるに違いない。確かにそれならば探索は得意のはずだ。しかし……自分はずっと公事方《くじかた》下役だった。訴状を読んだり、呼び出し状を書いたり、筆を持って一日中机に座っているのが仕事だった。見廻り方の山同心として出向してから、一年も経っていないのだ……。

喉元で渦巻いたそれらの言葉を、禎次郎は呑み込んだ。探索という言葉が、腹の底でうずうずと蠢《うごめ》くのを抑えられない。

「わかりました。盗人侍と仏像の探索、やってみましょう」

「真《まこと》ですか」

微笑む佐奈姫に「はい」と答える。

「ですが、今は山同心が本領。そちらの探索は仕事の合間に、ということになりますが」

「ああ、それでけっこう。頼みますぞ」

今井はほっと息を吐きながら頷いた。

「いや、そのほうが棒手裏剣を投げるのをうしろから見ておったのだが、この者はただ者ではない、と感じたのだ」

「はい、祈願文は取り戻してくれましたし」

今井と姫が頷き合うのを見て、禎次郎は内心であわてた。

「あ、いえ、わたしはただの同心でして、お役に立てるかどうかは……」

うろたえる禎次郎に手を振って、今井はゆっくりと立ち上がる。

「いやいや、これでひと安心。なにかわかったら屋敷に参じてくだされ」

鷹揚《おうよう》に笑む今井に、禎次郎は恐縮して俯く。しまった、安請け合いをしてしまったか……。胸の奥から、そんな思いが湧き上がっていた。

# 二

日暮れとともに山の見廻りから戻ると、家の戸口に母と妻がすぐに現れて、上がり框《がまち》に膝をついた。

「お帰りなさいませ」

いつとも違ってえらく愛想がいい。二人の足元には、見慣れない木箱が置いてある。母の滝乃がそれを指してにっこりと笑う。笑顔になっても目元に険《けん》が残るのが、滝乃の常だ。が、今日はそれも薄い。

「先日、お見えになった今井様のお使いの方が、お持ちくださったのですよ。お米ですよ」

しゃがんで蓋を開けると、ぎっしりと詰まっている米が見えた。

禎次郎はそれを覗き込みながら、うむ、と唸った。頼みごとを受けた礼か……いや、ことを果たせという圧力か……どのみち、力を抜くなということだな。そう、得心して、唾を呑み込む。

「婿殿もそれほど見捨てたものではありませんね」

滝乃は笑みを浮かべたまま、禎次郎を見て立ち上がる。

「いや、まあ、なんというか」

頭を掻く禎次郎に背を向けて、滝乃は廊下を戻る。

「さあ、夕餉《ゆうげ》に致しましょう。五月、今日はお酒もつけて差し上げなさい」

「はい」

五月は母の背に返事をして、木箱の蓋を閉めようと手に取った。と、禎次郎がその手を止めて、箱を覗き込んだ。

「この米、少々、もらってもいいか。そうだな、一升半ほど、袋に詰めてもらいたいんだが」

は、と五月は夫を見上げる。

「それはよろしゅうございますが、どうなさるのです」

「ああ、実は明日は非番だからな、兄の所へ行こうと思っているんだ。ちょっと絵を頼みたくてな」

「絵、ですか……まあ、なれば二番目のお兄上……庄次郎《しょうじろう》様ですね。確か、深川におられるのですよね」

「そうだ。小さな家を借りて気ままに一人暮らしをしている」

禎次郎は蓋を開けて米を見つめる。

「一応、絵師だからな、ただで描いてもらうわけにはいかんのだ」

「まあ、それではあとで袋にお詰め致します」

五月もそっと米に触れて、微笑んだ。


本所《ほんじょ》、深川へと続く両国橋《りょうごくばし》を渡りながら、禎次郎は隣を歩く五月をちらりと見た。

朝、出かけようとする禎次郎に続いて、五月も風呂敷包みを抱えて草履《ぞうり》を履くと、にっこりと笑んでいった。

「わたくしもともに参ります」

その言葉に、禎次郎は目を丸くした。

「ともに、とは……」

「はい、庄次郎様にはまだお目にかかったことがありませんから、よい機会です。こうして折り詰めも用意しましたゆえ、お供させていただきます」

そういって掲げた折り詰めを、五月は大事そうに抱えて、今、横を歩いている。

まあ、いいか、と禎次郎も、米の入った風呂敷包みを握り直す。

兄の庄次郎は二十歳のときに家を出て以来、実家とは疎遠になっている。父の激高《げっこう》を買ったために、家族の枠からはみ出したままだ。ために禎次郎の婚礼の折にも呼ばれず、巻田家の人々とは顔を合わせていない。

「まあ、蔵があんなに並んで」

五月は橋の上から、本所の川縁を眺めて目を輝かせている。

「旦那様と二人で大川《おおかわ》を渡るのは初めてですね」

「そうだったか」

「そうですとも。以前、回向院《えこういん》に行ったときには、父上と母上もいっしょでしたでしょう。深川の永代寺《えいたいじ》にお参りをした折もそうでした。二人きりで遠出をするのは初めてです」

五月は常に似合わず、軽やかな口調で微笑む。

「そうか」

妻のうれしそうな笑顔に、禎次郎もなごんでくる。

「そら、あの道を右に行けば深川だ。あそこはな、かの赤穂浪士《あこうろうし》が討ち入りのあと、吉良上野介《きらこうずけのすけ》の首を掲げて歩いた道だぞ」

「まあ」

橋を渡って川沿いに下って行く。

寺や武家の下屋敷の長い塀があちらこちらに見えるが、そのあいだに町屋が混み合うのが、本所や深川の町並みだ。荷担ぎ人夫や職人らしい男達が、いかにもせっかちな足取りで道を行き交う。

深川に入ると、幾重にも運河が伸び、橋を渡るごとに、五月は川面を滑る船を見下ろした。禎次郎はそんな妻を振り返りながら、道を曲がる。やがて小道に入ると、並ぶ小さな家々を見上げた。

「そら、ここだ」

指さした小さな家の戸を開ける。

「兄上、おられますか」

禎次郎の大声が響くと、奥から人影が現れた。筆を手にした庄次郎だ。

「なんだ」

と、五月を見て驚く。

「ええと、実はこれが……」

禎次郎は妻を紹介し、五月も深々と頭を下げた。

「そうか。まあ、上がれ」

奥の部屋へと戻る庄次郎について行くと、五月が声を上げた。障子越しの光のなかに、絵が散らばっている。

「まあ、絵がこんなに」

頬を輝かせる五月に、庄次郎は戸惑いながらも笑みを浮かべた。

「五月殿といったな、絵が好きなのか」

「はい、好きです」

膝をついて描きかけの絵に見入る妻を、禎次郎は顎でさして兄に頷いた。

「子供の頃から好きだったらしい。そのうち、なにか飾れるような絵を描いてやってくれないか、兄上」

「ああ、いいぞ。で、今日はそれで来たのか」

どっかと胡座《あぐら》をかいた兄に、禎次郎は正座で向き合う。

「いや、また人相書きを描いてほしくて、頼みにきたんだ」

「ほう、また適当に悪人面を描くのか」

以前、探索に使うため、いもしない悪人の顔を描いてもらったことがあった。

「いや、今度は本当にいる男なんだ。先日、正面から顔を見たんだが、逃げられてしまった盗人侍で……口で説明すれば絵にできるだろう、兄上の腕前なら」

「ふん、おまえも如才《じょさい》のない男になったな。いいぞ、いってみろ」

庄次郎はまんざらでもない顔で、新しい紙を広げた。

「ええと、月代《さかやき》は剃っているけど、鬢《まぶた》はほつれ気味。全体にやや面長《おもなが》だ。眉は濃いめで山型のいい形……目は大きめで瞼は多分、二皮目《ふたかわめ》だ」

「多分とはなんだ。一重《ひとえ》か二重《ふたえ》かで目は描き方がまったく違うんだぞ」

「ああ、遠目だったからあまりはっきりしなくて。いや、きっと二重だ。黒目がはっきりとしていたな」

禎次郎の言葉どおりに、庄次郎の筆が線を描いていく。夫の横から覗き込む五月は、息をつめるようにしてそれを見つめていた。

「鼻はやや細めで格好のいい鼻……口はやや大きめだけど、唇は厚くも薄くもなく……顎は少し張っているふうだったな」

「首はどうだ。首で見た目は変わるぞ」

「あ、と、首は細めで長かったな」

「こうだな」

ふっ、と息を吐いて庄次郎が筆を止める。白かった紙に、男の顔がみごとに浮かび上がった。

「まあ、すごい」

五月が手を叩く横で、禎次郎も頷いた。

「うん、こういう顔だった。さすが兄上だ。お礼に米を持ってきたから、これを」

禎次郎は持って来た風呂敷包みを差し出す。傍らの五月も、折り詰めをそっと前に出した。

「つまらぬ料理ですが、夜にでもお召し上がりくださいませ」

ほう、と庄次郎は、さっそくそれを開けて覗き込む。根菜の煮物の中から大根を指でつまむと、ほいと口に入れた。

「うむ、うまい」

眼を細める庄次郎を、五月は小首をかしげて見つめた。

「あの、わたくしにも絵は描けますでしょうか」

「ええっ」

驚きの声を上げたのは禎次郎だ。常に控えめで、気持ちをあまり表さない妻の言葉とは思えない。

「描くとはまた……いくら絵が好きといっても、見ると描くとでは違うだろうに」

その禎次郎の言葉に、庄次郎が首を振る。

「いや、絵など、描きたいと思えば誰にでも描ける。そら」

筆を五月に差し出す。

「好きなものを描いてみればいい」

「好きなもの、ですか」

筆を受け取ってうろたえる五月に、庄次郎は描きかけらしい紙を裏にして差し出す。

「なんでもいい。思いつかなければ、そうだな、兎を描いてみればいい」

はい、と五月はおそるおそる筆を下ろす。ゆっくりと線をひいて、丸い兎をかたどっていく。が、線が震えることに溜息を吐いて、顔を上げた。その恥ずかしそうな顔に、庄次郎は笑顔で頷く。

「ああ、いいじゃないか。兎だとわかる。描きつづければもっとうまくなろうよ」

へえ、と禎次郎は絵と妻の顔を見比べた。五月は肩をすくめながらも、うれしそうに微笑む。

庄次郎は折り詰めから里芋をつまみ上げて、それを掲げた。

「やりたいことがあるなら、とっととやるのが一番だ。迷っていれば時をむだにするだけだからな。おれももっと早くに心を決めて絵の道に入っていればと、やりはじめてから思ったものよ」

里芋をぽんと口に放り込む。

「よいでしょうか」

五月は夫の顔を見る。

「ああ、いいじゃないか。やりたいならやればいい」

禎次郎は大きく頷く。己も仕事でもない探索を好きでやっているのだ、と思うと、反対などできない。

「よし、それじゃ」と、庄次郎がうしろへ腕を伸ばす。「これをあげよう。使い古しだが、稽古に使うのならちょうどいい」

数本の筆をつかむと、五月に差し出す。

「よろしいのですか」

「ああ、かまわん。そのうち、禎次郎が新しい筆をおれに買ってくれるだろう」

にやっと笑う兄に、禎次郎は苦笑する。

「わかりました。では、兄上、使った筆はまた五月にやってください」

「おう、いいぞ」

頷き合う兄弟に、五月は筆を胸に抱いて笑顔を向けた。

兄の家を出てから、そばで昼をすませると、二人は来た道へと足を向けた。が、その足を止めると、禎次郎は五月を振り返った。

「ついでに、寄って行きたいところがある。もう少しつきあってくれ」

はい、と五月はうれしそうに頷く。

「せっかくですから、どこへなりと」

歩き出す禎次郎のうしろに付く。

辺りを見まわしながら、禎次郎は間もなく一軒の店に目を留めた。古道具屋の看板が掲げられている。

店に入ると、禎次郎は並べられている品々を見つめながら、奥に座る主《あるじ》に近寄って行った。

「いらっしゃいまし」

そういって愛想笑いを浮かべる主に、禎次郎は腰のうしろに差してきた十手をちらりと見せた。たちまち笑みをしまう主に、今度は禎次郎がにっと笑ってみせる。

「ちょっと聞きたいだけだ。最近、厨子と仏像を売りに来た者はいないか」

「厨子……」

主は身体をひねると、背後の箱の中に腕を突っ込んだ。

「これは三日前に買い取った物ですが」

差し出した厨子は白木造りの簡素な物だ。禎次郎は両開きの扉を開けて、中を覗き込むと、そのがらんどうに首を振った。

「いや、探しているのは漆塗りの物なんだ。まあ、仏像とは別々に売られたかもしれないが」

「漆塗りねえ、そんな立派な物は来てませんねえ。仏像なら、最近、持ち込まれたこれがありますけど」

主はまた身体をひねって、小さな木彫の像を取り出す。台座の上に座った仏像だ。その姿に、掛け軸に見入っていた五月もやって来る。

「まあ、きれいな仏様ですこと」

ああ、と禎次郎は仏像を手に取ると、掲げて首をかしげた。

「これは観音様なのか」

主は手を振り、歪めた顔まで振る。

「違いますよ、旦那。それは大日如来《だいにちにょらい》です」

「へえ、なにが違うんだ」

「なにがって、仏様はそれぞれお姿が違うんですよ。座って両手を組んで印《いん》を結んでいれば大日如来。立ち姿で頭が丸ければお地蔵《じぞう》様、怖いお顔で火炎《かえん》をしょっていればお不動様、観音様はまあ、いろいろとありますがね」

「ほう、そういうものか」

「へえ、そういうものでして。観音様をお探しなら、最近は入っていませんね」

「そうか、邪魔をしたな」

と、禎次郎は仏像を返す。

外へ出ると、また辺りを見まわしながら、古道具屋を探した。

しかし、二軒めにも、やはり探すものはない。三軒めも同じだった。

禎次郎は懐を手で探って、溜息を吐く。

「どうさないました」

覗き込む五月に、禎次郎は苦笑いを見せた。

「いや。探し物が見つかったら、兄上に描いてもらった人相書きを見せて、売った者を確かめる心積もりだったんだがな、そこまで行き着きもしない」

肩をすくめる夫に、五月は生真面目《きまじめ》な顔になった。

「まあ、探索というのは大変なものなのですね」

「まあな」

「なれど、旦那様、どこか楽しそうにも見えます」

「ああ、まあな」

禎次郎は苦笑すると、また歩き出した。

「団子でも食べて休憩するか」

はい、と五月の声が背中に響いた。

三

山同心の仕事は二日出て、三日めが非番の休みとなる。

深川に行ってから三日め、非番の朝に、また禎次郎は探索の続きに出ることにした。

今日は、小者の雪蔵がいっしょだ。浅草《あさくさ》によく知る古道具屋があるという。

青い空に聳《そび》える浅草寺《せんそうじ》の五重塔に向かって歩きながら、雪蔵は傍らの禎次郎の横顔を見上げた。

「古道具屋を探すってのは、なにか当てがあってのことですか」

「ああ……考えたんだがな、あの盗みがいきずりのものだとすれば、金が目当てだろう。盗んだものはすぐに売っ払うに違いない。となれば、古道具屋に持ち込むのが一番、簡単だろう」

「なるほど」

「だが……もしも、あの盗人侍が北吉家に使われたのだとしたらどうだ。盗んだ厨子は証となるわけだから、北吉家がほしがるとは考えられまい。わざわざ家臣でなく、浪人を使うくらいだからな。だとすれば、あの厨子はあの侍に与えられるだろう。とすれば、盗人はやはり売り払うはずだ。身なりからして、けっしてゆとりがあるとは思えなかったからな」

「ほう、なるほど」

雪蔵は腕を組む。今日は着流しに羽織姿で、どこかの番頭のように見える。禎次郎は首筋を掻いて、その雪蔵を見た。

「しかし、まあ、その場合、足がつくことを恐れて大川に捨てる、というのも考えられるな」

「はい、それもありえますすね。盗人とはいえ武士の誇りはあるでしょうから、捕まりたくはないでしょうしね。ですが、あたしなら、そんな罰当《ばち》たりなことは恐ろしくてできません」

「罰、か……」禎次郎は顎を撫でた。「そいつは考えてなかったな。確かに信心が少しでもあったら、大川になど捨てないか」

「はい、そう思いますよ」

浅草寺の大屋根が見えてきた。

そこに向かって、四方から人がぞろぞろと歩いて行く。門前では芸人が集まっているらしく、高らかな呼び込みの声も聞こえる。が、その手前で、

「旦那、こっちです」

と、雪蔵は指を上げて路地へと曲がった。

参道の手前ながら、大小の店が軒を並べている道を、すたすたと進んでいく。そのうちの一軒、鶴松屋《つるまつや》に雪蔵は入って行った。

「ごめんなさいよ」

という雪蔵の声に、

「おや、これは小糸屋《こいとや》の……いや、雪蔵さん、お久しぶりですね」

白い鬢の主が、帳場から立ち上がった。

店の中には屏風や掛け軸、茶器や陶磁器などが並べられている。雪蔵は棚の片隅に鎮座している仏像を見上げた。

「ああ、やっぱり仏様がある」

禎次郎も並んで、数体の像を見上げた。横には大小さまざまな厨子も置かれている。

「御亭主」雪蔵は帳場から降りてきた主を見る。「最近、漆塗りの厨子と観音様は売られてこなかったかね」

さあ、と主は首をひねった。

「そういう物は入ってませんね」

「近くのお店《たな》に持ち込まれた、なんていう話は聞いていないかね」

重ねる雪蔵の問いに、主はまた首をひねる。

「聞いちゃいませんが、そういう物ならこの先の栄堂《さかえどう》か松乃屋《まつのや》に行ってみるのがいいと思いますよ。あっこの主はどんな物でも、気にせずに買い取りますからね」

「そうか、じゃ行ってみよう、ありがとうよ」

礼をいう雪蔵に禎次郎も倣《なら》って頷くと、その店を出た。

雪蔵は迷うふうもなく、次の路地を曲がる。

禎次郎はなにげなさを装って雪蔵を見た。前々から気になっていたことを訊ねるいい機会に思えたからだ。ものごとをよく知っている雪蔵は、最初から小者だったとは思えない。

「さっき、小糸屋っていってたな。ありゃ、なんなんだい。おまえさんのいたお店かなんかかい」

ああ、と雪蔵は前を向いたまま苦《にが》く笑う。

「そうです。あたしは呉服を扱う小糸屋の跡取りで、まあ、一応若旦那として継いだんです」

「若旦那、かい」

やはり、と思いつつもやはり驚きが湧き上がる。

「はい、けど、もともと商いには向かなくて、道楽のほうに熱を入れておりました。茶や俳句、芝居や鼓《つづみ》なんぞが好きで……」

「ほう、だが、それなりのお店なら、番頭らが切り盛りしてくれるだろう」

「ええ、なので、数寄者《すきしゃ》暮らしをしていられたんですが、ちょっと、その……騙《だま》されまして……」

「騙されたって……誰にだい」

「いやぁ」

肩をすくめる雪蔵の顔を、禎次郎は覗き込む。雪蔵は顔をそむけながらも、苦笑を浮かべた。

「数寄者を装った男、とでもいいましょうか。豊臣家《とよとみけ》由来の茶壺があるといわれて、うかうかと大枚《たいまい》をはたいてしまったんです」

「それじゃ、そいつが贋物《にせもの》だったってことかい」

「はい、そういうことです。で、店にも家にも愛想を尽かされて、とうとう弟に追い出されてしまったと……まあ、そういうわけで」

ほう、と禎次郎は顎を引く。なんというべきか、言葉を探していると、雪蔵が笑顔を向けた。

「いや、でも、これでよかったんです。今は山を見廻るのもおもしろいし、非番の日には道楽をしてますから。道楽ってのは、ほどほどにやるからいいんだってこともわかりました」

「へえ、そうなのかい」

禎次郎にも笑みが移る。

「あ、そこですよ」

雪蔵は栄屋という看板を差す。

しかし、返ってきた答えは鶴松屋と同じだった。

続いて行った松乃屋でも、やはり探し物は見つからない。

しかたなく、二人は浅草寺の境内へと足を向けた。

あぁあ、と禎次郎は茶店の長床几《ながしょうぎ》に腰をかけて空を見上げる。

「まあ、まだ店はたくさんあります。まわったのは深川と浅草だけでしょう」

雪蔵は甘酒を含みながら、禎次郎を慰める。

「厨子と仏像を買うのは、やはりお寺の周辺の店でしょうが、江戸には寺町がたくさんありますからね。上野界隈なら、根津《ねづ》谷中《やなか》から湯島《ゆしま》まで、たくさんの店がありますし、芝増上寺《しばぞうじょうじ》の周辺、それに巣鴨《すがも》、駒込《こまごめ》の辺りも寺町ですから、探す先はまだまだいくらでも……ああ、回向院の辺りもありそうですね」

あぁ、と禎次郎がさらに声を洩らす。

「だから、それだけ探さなけりゃならないってことだ」

禎次郎はこきこきと音を立てて、首をまわした。


ごぉ〜ん、と明け六つを告げる鐘が山の上から鳴り渡る。

ゆっくりと開けられた黒門を通って、禎次郎と配下の三人が山道を登る。岩吉と勘介は桜が岡を目指して、競うように上り坂を駆け上がっていった。岡にある桜茶屋の店開きを手伝うのがいつもの日課だ。看板娘のお花《はな》が、赤い前垂れ姿で、待っているのだ。

駆け上る二人のうしろ姿を見ながら、禎次郎と雪蔵はのんびりと上って行く。

「昨日はつきあってくれてありがとうよ」

禎次郎がいうと、雪蔵は首を振った。

「いえ、お役に立ちませんで。あれから旦那は両国へ行ったんですか」

「ああ、回向院近くの店をまわってみた。まあ、それらしい物は一向《いっこう》、見つからなかったがな」

禎次郎は肩をすくめる。

参道を見廻りながら、二人はぐるりと桜が岡へと向かった。茶店の前では、二人が長床几を並べたり、幟《のぼり》を立てたりと、相変わらずせっせと働いている。

「おはようございます」

お花が気がついてにっこりと微笑む。それほど美人ではないが、笑うと表れるえくぼがかわいらしい。

これにやられるんだな……。禎次郎は腹の中で失笑しながら、緋毛氈《ひもうせん》を広げる勘介らを見る。

「さ、お茶をどうぞ」

お花に誘われて禎次郎と雪蔵は腰を下ろした。これも日課だ。

「お団子もあったためましたよ」

ただでふるまってくれる団子は昨日の残りだが、火であぶると柔らかくなるという。熱いお茶と甘辛いみたらし団子を味わうと、力が湧いてくるのが不思議だ。

「さあて」と禎次郎は腕を伸ばして空を見上げた。「今日も働くか」

はい、と雪蔵も隣で頷いた。

桜が岡にも、参拝客の姿がちらほらと見えてきていた。

時とともに、参拝客は増えてゆく。

禎次郎は一人、根本中堂の裏を歩いていた。配下の三人も、それぞれに見廻りに散っている。

大伽藍《だいがらん》の裏手はさすがに人も少なく、ここから北へ続く道はもっと人影はない。僧侶の学ぶ学寮や大名らの建てた子院が並び、物見客にはおもしろくもない風景だ。

禎次郎はそちらに向けてぶらぶらと歩く。谷中へと続く門まで行って、戻って来るのがいつもの道順だ。

木立の下を歩いていた禎次郎は、うしろから近づいてくる気配にふと足を止めた。

振り返ると、やはり年若い武士が間近に来ており、そのまま禎次郎の正面にまわり込んだ。

「巻田禎次郎殿ですな」

「いかにも」

誰だ、と内心うろたえるが、見覚えはない。

「わたしは若埼家家臣、佐々木一乃進《ささきかずのしん》と申します。先日、このお山でお世話になり申した」

「ああ、あの御一行の……」

あの盗人騒ぎのときに、行列に加わっていたのだろう、と得心する。

「はい。本日は殿の使いで参りました」

「お殿様の……」

「ええ、これを」

佐々木は懐に手を入れると、握った手をついと差し出した。戸惑う禎次郎に一歩近づくと、佐々木はくぐもった声で「お手を」といった。

あわてて差し出した禎次郎の手に、そっと小さな紙包みを置く。その重さと堅さから、小判だ、と禎次郎は察した。三枚か、あるいは五枚……。普段、小判などとは縁がないために、はっきりとはわからない。

「お納めを」

辺りを憚《はばか》りながらいう佐々木の言葉に、禎次郎は手を引いて袂《たもと》の中に落とした。が、訝《いぶか》しげな表情で佐々木を見返すと首をかしげた。佐々木は小さく頷く。「それは殿からお渡しするように命じられたもの。先日、佐奈姫様と今井様がお訪ねになった折、頼み事をなさったと聞き及んでおります」

「ああ、はい」

「殿も佐奈姫様からお聞きになったのです。そうとなれば、役立つこともあろうと仰せられて、その金子《きんす》をことづけられました。あの厨子は新しく作らせた物ゆえ、失ってもさほどの痛手ではないのですが、観音像のほうは、殿も是非、取り戻したいと仰せなのです」

「はあ、そうなのですか」

「はい。来月、二月の二十五日は亡き奥方様の三回忌なのです。そのためにお寺でひと月ほどお祀《まつ》りいただいて、御供養をすることになっていたのです」

「なるほど、それで皆さんでお持ちになったんですね」

「ええ、あの観音様は亡き奥方様が信心していたものなのです。お輿《こし》入れのさいに御実家からお持ちになられた物で、なくしたとなれば面目が立ちません」

「なるほど、そうでしたか」

頷く禎次郎に、佐々木は小さく腰を曲げた。

「殿からも頼む、とのことでございます」

いやいや、と禎次郎はあわてて手を振った。

「滅相もない。お役に立てるどうかわかりません。その……」

「お願い致します」

佐々木はさらに深く腰を折った。

「は、はい」

禎次郎はつられて頭を下げる。まいったな、と腹の内でつぶやく。と、

「あ、そうだ」

下ろした頭を上げた。

「若埼家の御家紋を教えていただけますか」

「家紋……は、丸に酢漿草《かたばみ》ですが」

「酢漿草、というと丸い花びらが三枚ある花の意匠ですね。いや、もしや、あの厨子に御家紋が付いていないかと思ったものですから。すでにあちこち探し歩いているんですが、厨子には、けっこう家紋が付いていることに気がつきまして」

「ああ、そうでしたか」佐々木は首をひねる。「家紋……わたしは間近で見たことがないのでわかりませんが、そうですね、おそらく付いていると思います」

「そうですか……ああ、いえ、これで探しやすくなります」

「それはよかった」

二人はまた頭を下げ合った。


芝の町を禎次郎は歩く。

増上寺の周辺には小さな寺が数多く建ち並んでいる。ために街道から続く門前町には、仏具を扱う店や古道具屋も多い。

そんな道を歩きながら、禎次郎はげっぷと息を吐いた。朝餉《あさげ》の盛《も》りが今日はひときわ多かったせいだ。

「今日は非番ですから、また探索にお出になるのでしょう。たくさん召し上がってくださいな」

五月がそう微笑んだ。深川の兄から筆をもらって以来、五月は毎日、絵を描いている。そして、機嫌がいい。

おかげで出かけやすくなって助かるがな……帰りに紙でも買って帰るか……。そうつぶやきながら、禎次郎は小さな古道具屋を覗き込む。

店の奥に仏像が置いてあるのが目についた。

中に入って行くと、はたきを手にした手代らしい男が振り返った。

「いらっしゃいまし、なにかお探しで」

ああ、と曖昧《あいまい》に返事をして、禎次郎は中を見渡す。

「観音様と漆塗りの厨子を探しているんだがな。最近、持ち込まれた物はないか」

へえ、と手代ははたきを下ろすと、奥へと声をかけた。

「旦那さん、ちょっと来てください」

「なんだい」

出て来た主が、禎次郎に軽い会釈をして帳場に座った。膝をついてにじり寄った手代がそこに耳打ちをする。と、主はちらりと禎次郎を見て、横の箱を開けた。中から取り出したのは、漆塗りの厨子だ。

「はい、これは数日前に買い取った物ですがね」

掲げられた厨子は、あの日、上野の山で木箱から転がり出た物とよく似ている。そのときには見えなかったが、観音開きの扉が閉じられ、金細工の飾りが輝いている。上には立派な屋根がついており、そのすぐ下に丸く光る物があった。

顔を近づけた禎次郎は「あっ」と声を上げた。丸の中に酢漿草の三枚の花びら……家紋だ。

禎次郎は主の手からそれを奪い取ると、その扉を開けた。中には金絵や色絵が施されているが、空だ。

「中の仏像はどこだ」

禎次郎の勢いに身を引いた二人は、首を横に振った。

「それは端《はな》から厨子だけです。仏像なんぞ、入っちゃいませんでしたよ」

「これを売りに来たのは……」

禎次郎は厨子を置くと、懐から紙を取り出した。兄に描いてもらった人相書きだ。

「この男じゃなかったか」

ずいと人相書きを差し出すと、主は身を乗り出した。

「ああ、はい、こういうお人でしたね」

よし、と禎次郎は手を握る。

「この侍、名はなんといった」

はて、と主は帳簿を開く。

「ええと、これ……宮田松之助《みやたまつのすけ》様ですね」

宮田……いや偽りの名かもしれないな、と禎次郎は考え込む。と、気を落ち着けて、腰からそっと十手を抜いて見せた。

「中の仏像のことはなにもいっていなかったかい」

揺れる朱房を見て、主と手代は姿勢を正す。

「ああ、御用ですか……いえ、なにも。ただ、この厨子を買ってもらえるか、とおっしゃられたので買い取らせてもらっただけです」

そうそう、と手代が頷く。

「別に怪しいようすでもありませんでしたよね。作りがいいので、まあ身なりとそぐわないといいますか、ちょっと気になりましたけど、深川のお寺から譲り受けた物だとおっしゃっていたし」

「深川の寺……」

「はい、近所のお寺で、手伝いの礼にもらったというお話でしたよ。まさか……」と、主が神妙な顔をする。「厄介な物じゃないでしょうね。こちらはすでに金を払っておりますもので、返せといわれても困るんですが」

ふむ、と禎次郎は口を曲げた。

「わかった、買おう。いくらだ」

へい、と主は両手を合わせる。一瞬、天井を見て、にこりと笑った。

「二両でけっこうです」

「二両っ」

禎次郎は思わず唾を飛ばした。が、懐に手を入れると、巾着《きんちゃく》を手につかんだ。若埼家から受け取った包みには、五枚の小判が入っていた。ええい、とそのうちの二枚をつかむ。どのみち己の金ではない。

冷たく重い小判二枚を、禎次郎はぐいと差し出した。

# 第二章　葵御紋《あおいごもん》の姫君

## 一

風呂敷包みに包んだ厨子を抱えて、禎次郎は大名若埼家の門をくぐった。案内をされて玄関に向かうと、屋敷の中から佐々木一乃進が小走りで現れた。

「これは、巻田禎次郎殿……」

ああ、と禎次郎は風呂敷包みを前にまわした。

「実は、盗まれた厨子と思《おぼ》しき物が見つかったので持参したのです。御確認いただければと思いまして」

おお、と佐々木は風呂敷包みを見つめると、目を見開いた。

「では、殿にお知らせして参る」そういって身を翻しながら、若い武士に指示をする。

「柳の間に御案内せよ」

言い終わらないうちに、また屋敷の中へと小走りに戻って行った。

案内を受けて廊下を歩きながら、禎次郎は目だけで天井や襖などを見まわす。大名家に上がり込むのは初めてのことだ。

立派なもんだな……。凝った作りの欄間《らんま》を見て口中《こうちゅう》でつぶやく。

廊下の角を曲がると、その先から佐々木がやって来た。

「巻田殿、奥へお越しを。殿が御覧になりたいと仰せです」

はあ、とそのまま付いて行く。部屋へ着くと、そこには家老の今井と佐奈姫、そして正面に殿様の若埼清道が待ち構えていた。

「これはどうも」

うろたえる禎次郎に、佐奈姫が微笑んだ目顔で入るようにと促す。皆の目が、抱えている風呂敷包みへと集まっていた。

「それが厨子ですか」

「はい」

正座をした禎次郎が風呂敷包みを解いて開く。と、すぐに今井が膝行《しっこう》して、それを手に取った。

「おお、間違いありません」

くるりと身体をひねって、佐奈姫へと向ける。

「まあ、真《まこと》に、あの厨子です」

姫はそれを受け取り、父の前へと持ってゆく。

「父上、ここに家紋も」

うむ、と若埼清道は頷いて、その顔を禎次郎に向けた。

「よう取り戻してくれた。して、仏像はいかがした」

「はい。それが、古道具屋で見つけたのですが、持ち込まれたときにすでに中はなく、その厨子だけであったそうです」

「そうか」

清道は眉を寄せる。

そこに一人の若君が入って来た。殿が手を上げて、招き寄せる。

「おお、来たか、清近《きよちか》、見てみよ、厨子が戻ったぞ」

今井が禎次郎に小声でいう。

「若様だ」

清近は細い身体をゆっくりと進めて、父の前に座ると、

「そうですか」

と、小さく頷いた。

「兄上」佐奈姫が微笑む。「古道具屋に売られていたそうです。おそらく、あの侍はゆきずりの者だったのです。北吉家とは関わりのない者に違いありません」

「なれば、よい」

清近はまたゆっくりと立ち上がると、父に小さく頭を下げてうしろに下がった。禎次郎はその白い横顔を見つめたが、清近は一瞥《いちべつ》もせずに、そのまま出て行った。

佐奈姫はその背を見送ると、微かに眉を寄せてほうと息を落とした。

「あの盗人は」今井が禎次郎を見る。「浪人風であったな」

「はい」禎次郎は膝行して進み出た。「厨子を売ったのは、あのときに盗んだ侍に相違ありません。人相書きを持参いたし、店の主に確かめました」

「ほう、人相書きとな」今井も膝で寄ってくる。「さすが、南町奉行所の同心だ」

ああ、いえ、と禎次郎は手を振る。

「取り逃がしたのを恥じるばかりです。が、店の主の話によりますと、あの侍は深川に住んでいるようです」

禎次郎は聞いた話を反芻《はんすう》していた。おそらく名前は端《はな》から考えていた偽りの名に違いない。が、入手の経緯を聞かれてとっさに答えた言葉の中には、真実が混じっていてもおかしくない。あわてて嘘を語るときには、どこかにほころびが出るものだ。住まいは深川……そして、だからこそ、深川や両国の店を探しても見つからなかったのだ。顔を知られているかもしれない近辺に、盗品を持ち込むのは危険すぎる。売り先に芝という遠くの町を選んだのも、それで納得できるというものだ。そう考えて、禎次郎は力強く頷いた。

「人相書きを持って、深川を探してみます。あの者を押さえれば、仏像の所在も明らかになると思われますので」

「うむ、そうか。頼んだぞ」

清道はそういって立ち上がった。

出て行く殿様に、皆が礼をする。

今井は厳かな顔を弛めると、廊下に出ながら、禎次郎に付いて来るようにと促した。厨子を抱いた佐奈姫もそれに続く。

小さな客間に通されて、禎次郎は改めて二人に向き合った。すぐに茶と菓子が運ばれて、今井は「さあ」と手で進める。

「いや、目処《めど》が立って助かった。このまま観音様が戻らなければ、いかが致そうかと頭を痛めていたところだ」

「はい、ほんに」佐奈姫も頷く。「あの観音様は母上がそれは大切にしておられた物。毎朝、手を合わせておられたのです」

「まあ、それもそうですが、なにしろ、松平家縁《まつだいらけゆかり》の仏様ですからな、なくしたとなれば大事です」

今井の言葉に禎次郎は口を開けた。

「松平家、ですか」

「うむ、そうよ。亡き奥方様は松平家の姫君であられたのだ」

「へえ」と禎次郎は目を瞠《みは》ってから、ぽんと手を打った。「そうだ、お訊ねしたいと思っていたのです。その観音様はどのようなお姿なんでしょうか。観音像にはいろいろとあると聞いているものですから」

「まあ、そうでしたね」姫も手を合わせる。「それを伝えなくてはいけませんでした。あの観音様は十一面観音様です。立ったお姿で左手に水瓶《すいびょう》を持っておられて、おつむには十の小さなお顔が並んで、その上に少し大きなお顔が載っているのです」

「ああ、わかりました」

寛永寺《かんえいじ》のお堂でよく見る観音像が浮かんで、禎次郎は頷いた。

「あの、それと家紋はついていますか」

「家紋」

首をひねる今井を遮《さえぎ》って、姫が頷く。

「はい、台座に小さく、松平家の家紋が彫られています。丸に三つ葉葵の御紋が」

「おお、そういえばそうでしたな」

頷き合う二人を見て、禎次郎は腕を組んだ。

「そうですか。それはちと、厄介かもしれません」

「厄介とは……」

眉を曇らせる姫に、禎次郎は背筋を伸ばした。

「三つ葉葵の御紋がついていれば、古道具屋に売るわけにはいかないはずです。盗品であることが一目瞭然ですから。と、なると……」

沈黙する禎次郎を、二人が見つめる。いいにくそうに、禎次郎は口を開いた。

「となると、池に沈める、とか、どこかに埋めてしまう、などということも、考えられます」

「まあ」

佐奈姫が口を押さえる。

「それは困る」今井も拳を握る。「松平家御由緒の物をなくしたなど知れれば、どのようなことになるか……」

「ああ、いえ」禎次郎はあわてて、首を振る。「まだ、どうであるかはわかりません。とにかく探してみますので」

首筋を掻く禎次郎に二人の声が揃った。

「頼みますぞ」

はい、と禎次郎は腰を折った。


「婿殿、今日のお菓子もおいしゅうございましたよ」

夕餉の膳に着くと、滝乃がいった。若埼家で出された菓子に手を付けなかったため、今井が帰りに包んでくれたものだった。

「それはよかった」

禎次郎は豆腐とわかめの味噌汁をすする。

「八丁堀にいた頃、見廻り方というのは余禄が多いと聞いていましたが、本当だったのですね。これほどなにかと付け届けが来るとは、驚いたこと」

「ああ、まったくだ」父の栄之助《えいのすけ》が身をそらす。「今年は炭を買わずにすみそうだしな。あれは誰が持って来たんだったか」

「はあ、お山に子院を持つさる大名家からです。そこの御家臣が、酔ってお山でひと悶着《もんちゃく》起こしたさいに、穏便に収めたもんですから」

「ほう、気の利いたことを……婿殿もスミにおけんな、はっはっ」

栄之助の笑いに、皆も冷えた笑いでつきあう。

禎次郎は味のしみた大根を頬張りながら、少し胸を張った。

どこかの家臣が揉め事を起こして禎次郎が丸く収めると、そのたびに主家から礼が届く。そのうちに、子院を持つ大名家すべてから付け届けが来るようになった。ことが起きたらよしなに、とそれらの物は訴えている。

「おかげでゆとりができました。こうして尾頭《おかしら》付きの魚もいただけるのですから」

五月が微笑む。

禎次郎は魚をほぐしながら笑みを返した。尾頭付きといっても鯵《あじ》の煮付けだ。

栄之助が笑う。

「いや、以前だって毎日、尾頭付きだったぞ。目に藁《わら》が残っていたがな」

はっはっとまた笑う。

それを滝乃は横目で冷ややかに見た。

「我が家は代々公事方《くじかた》で、余禄はありませんでしたからね。致しかたのないこと」

栄之助は肩をすくめて、鯵をほぐし出す。

「そうだな、これも婿殿のおかげだ」

にっと笑みを向けると、娘夫婦も小さく微笑んだ。

「だからといって、五月」滝乃が娘を上目で見る。「最近は絵ばかりを描いているようですが、そのような道楽は贅沢《ぜいたく》ですよ」

「なれど、筆はいただき物ですから」

身を縮める妻を禎次郎はかばう。

「ええ、あれは兄上がくださったのです。道楽はよいことだと思いますよ。人は好きなことをすると生き生きするのだと、兄を見て思いましたから」

「うむうむ、そうだ」父も続ける。「わたしも盆栽でもはじめてみようかと思っておる。立って木の世話をするのは腰にもいいそうだ」

「へえ、それじゃ、あたたかくなったら、庭に盆栽用の棚を作りましょう」

禎次郎の提案に五月も頷く。

「まあ、なれば盆栽の絵も描けますね。楽しみですこと。母上……母上もなにかお好きなことをなされればよろしいのに」

「うむ、そうだ」

夫をはじめ、皆の目が集まるなかで、滝乃はぐっと喉を詰まらせる。

「わたくしはそのような暢気《のんき》なことは致しません」

突き通すようなその声に、三人は肩をすくめて下を向いた。

## 二

非番の日を待って、禎次郎は再び深川の兄を訪れた。

「兄上、いますか」

おう、と奥から上がる返事に、禎次郎は勝手に上がっていく。

「なんだ、また人相書きか」

見上げる兄庄次郎の前に、禎次郎は胡座をかいて、先日描いてもらった人相書きを広げた。

「いえ、この人相書きの男、どうやら深川に住んでいるらしくて……兄上、見たことないですか」

はあん、と己で描いた絵を覗き込んで、庄次郎は首を振った。

「知らないな。深川といっても広いからな」

そうか、と肩を落とす弟に、兄は顎をしゃくった。

「それなら、口入れ屋に行ってみればいい。浪人風だが月代《さかやき》があるのなら、きっと口入れ屋で仕事をもらっているはずだ」

「口入れ屋で仕事、とは」

「浪人だって、いろいろと仕事があるさ。おれだって絵師見習いの頃にはよく行ったもんだ。用心棒や剣術指南、行列の警護、員数合わせなど、いろいろあるからな。おれみたいに見目《みめ》がいいと、大名行列の一時雇いという口もあったもんだ」

庄次郎は顎を上げて撫でてみせる。が、その目を人相書きに落とした。

「その男もなかなか見目がいいから、そういう仕事もらっているんじゃないか」

へえ、そんなことをしていたのか、と禎次郎は兄の顔を感心して見る。

「わかった、じゃあ、訊いてみよう。で、その口入れ屋っていうのは、どこに行けばいいんだろう」

「おれがよく行ったのは今川町《いまがわちょう》にある河田屋《かわだや》だ。浪人が行くなら、まずあそこだな。佐賀町《さがちょう》の隣だから、すぐわかるだろう」

「今川町か、ありがとう」

禎次郎は人相書きを懐にしまって立ち上がる。

「もう行くのか。筆はどうした」

見上げる兄に、禎次郎は戸口を指さした。

「筆はまた今度。今日は炭を持って来たから、三和土《たたき》に置いておいたよ」

「おっ、そうか、気が利くな」

うれしそうな兄の声を背に、禎次郎は外へ出て行った。

佐賀町は大川の畔だ。

この辺りには蔵が多く、船から荷揚げをするための人足も多い。ために力自慢が競われることでも知られている。俵を片手で持ったり、軽々と放り投げたりして競うのを、大勢の者がやんやと喝采《かっさい》する。禎次郎も昔、競い合いを見に来たことがあった。

その佐賀町の隣か……。そうつぶやきながら、禎次郎は道を曲がった。

少し迷ったものの、まもなく河田屋は見つかった。

禎次郎は人相書きを取り出しながら、帳場に近寄る。算盤《そろばん》をはじいていた男は、足音に顔を上げた。

「へい、旦那、仕事をお探しですかい」

顔を上げた番頭らしき男に、禎次郎は首を振って人相書きを掲げて見せた。

「いや、人を探しているんだが、この侍、見たことはないか」

はあ、と男が首を伸ばす。

「お名前は」

「名前は、もしかしたら宮田松之助……と、似た名前かもしれん」

ふうん、と訝《いぶか》ってこちらを上目《うわめ》で見るようすに、禎次郎は穏やかに目元を弛めて見せた。

「いや、実は先日、ちと助けてもらったのでな、礼がしたいのだ」

「ああ、そういうことですか」

男も頬を弛める。どうやら、侍に好意を持っているらしい。指で空《くう》に文字を書きながら、男は頷いた。

「それなら多分、宮田でなく宮地《みやぢ》、宮地豊之助《とよのすけ》様でしょう。顔がその絵とよく似てますからね」

「そうか、どこに住んでいるか、知っているか」

「へい、山本町《やまもとちょう》の正平《しょうへい》長屋でさ」

正平長屋……ここか。禎次郎はいくども聞いて、やっと辿り着いた長屋の前で、中を覗き込んだ。向かい合った長屋のあいだで、子供達が遊んでいる。

そろりと入って行く。と、ちょうどうしろから走って来た男の子を捕まえて、腰をかがめた。

「待ってくれ坊や、宮地というお侍の家を知っているかい」

「知ってる、あっち」

子供は指を上げると、そのまま走り出す。禎次郎がついていくと、子供は一軒の戸を指で差しながら振り返った。

「ここだよ」

そういって、そのまま走り去っていく。

追いついた禎次郎は、その戸の前に立って、見まわした。よけいなものはなく、粗末だがこぎれいだ。と、禎次郎はうしろに飛び退いた。

「それでは母上、出かけて参ります」

そう中から声が聞こえたからだ。

あわてて走って、逃げる。背後で戸の開く音がする。路地を曲がって身を隠すと、禎次郎はそっと顔を覗かせた。出て来た男が、長屋の門を出て行こうとしていた。

あとをつけて、禎次郎も歩き出す。

先を歩く男が角を曲がるときに、禎次郎の目にその顔がはっきりと映った。宮地豊之助に間違いない……。そう、唾を呑み込むと、禎次郎はそのままうしろを歩きつづけた。

永代橋《えいたいばし》を渡って、まっすぐに進み、宮地は日本橋の人混みへと入って行く。

そのにぎわいを抜けると江戸城の森が見えてくる。その緑を左手に、宮地は人の少ない武家屋敷への道を進んだ。

おや、この道は……。禎次郎は離れてあとを歩きながら、首をかしげた。このまま行けば駿河台《するがだい》だ。先日、訪れた若埼家の屋敷がある。

宮地は早足になった。まるで駆け抜けるように、人気《ひとけ》の少ない道を行く。

それを見失わないように、ときに小走りに、ときに離れて、禎次郎はあとを追う。

宮地は小走りに、若埼家の前を通り過ぎた。

あっ、と禎次郎は声を上げそうになって口を押さえた。宮地が、若埼家の斜め向かいの屋敷で立ち止まったためだ。

北吉家だ。

門の脇の扉が開き、宮地の姿は中へと消えて行った。

禎次郎はごくりと唾を呑みながら、その前を通り過ぎた。やや行ってから、立ち止まる。塀の中を覗うように背伸びをするが、見えるわけはない。

佇んでいると、

「何用か」

横から声が上がった。塀の通用口から、人影が半身を乗り出してこちらを見ている。

「ああ、いや……こちらは前田《まえだ》様のお屋敷でしょうか」

禎次郎はとっさに出任せを口にした。

「違う」

相手はじろりと頭から足元までを見て、身を引いた。音を立てて、木戸が閉まる。

やれやれ、と禎次郎は歩き出す。どこかから見られていたに違いない。用心深い屋敷だ……。そう肩をすくめながら、禎次郎は塀を通り過ぎた。

しかし、と思う。あの盗みは北吉家の仕業ではないはず、という佐奈姫の望みはこれで潰《つい》えたことになる。これがあきらかになれば、また両家の確執は深まるだろう。迂闊にいうべきではないな……。

禎次郎は腕組みをしながら、水道橋《すいどうばし》まで緩やかな勾配を上った。神田川《かんだがわ》の流れを見つめ、坂を下りる。来た道とは別の坂を選んで、ぐるりとまわって下りはじめた。

しばらく下りて曲がると、最初の道が見えてきた。その坂を上ったところに、若埼家と北吉家の屋敷がある。

さて、と禎次郎はその道に出る手前で止まり、空を見上げた。梅の香りが漂ってくるとはいえ、まだ空の青は澄んで高い。が、その青も、西は黄昏色《たそがれ》に染まりはじめていた。

どうしようか、と禎次郎は考えあぐねていた。宮地に直《じか》に問うてみるか、もう少し探るか……。

と、その目が道に引き寄せられた。人影が下りて来るのに気づいたためだ。そっと覗いた目に、宮地豊之助の姿が飛び込んだ。あわてて顔を引いて、横道に身を潜める。

宮地は地面を蹴るように、足音を立てて前を通り過ぎた。その肩も揺れており、顔は憮然としている。

通り過ぎた宮地を見送って、禎次郎は迷いを捨てた。どうやらひどく不機嫌そうだ。問うのはまた日を改めたほうがいい……。そう決めて、禎次郎は足を踏み出そうとした。が、それをすぐに止めた。また、人影が下りてくる。今度は二つの影だ。

身を潜めたまま、それをやり過ごすと、禎次郎はそっと道へと顔を出した。すたすたと下りていく宮地のあとを、その二人もまた間合いを置いて下りて行く。話をするでもなく、まるで気配を消すような歩き方だ。

あとをつけているのか……。禎次郎はそう気づいて、そっと道に出た。薄暗くなりはじめた道には、ほかの人影はない。

禎次郎も二人のあとを、間を置いて歩く。

いきなり、二人が走り出した。

同時に刀を抜く。

その気配に、宮地が振り返る。

二人の振り上げる白刃《はくじん》に、宮地も剣を抜いた。

重い音が響き、三振りの刀がぶつかり合う。

禎次郎も走った。

二対一ではあきらかに不利だ。走りながら鯉口《こいぐち》を切る。剣の稽古をしてきたこの数ケ月、少しは腕が上がったという自負がある。

「助太刀《すけだち》致す」

白刃を掲げて、禎次郎が飛び込んだ。

宮地はちらりと見て身体をまわし、その剣を相手の一人に向けた。

もう一人が禎次郎に刃を向ける。

構える禎次郎に、横から刃が入ってくる。それを受けて押さえるが、相手の勢いが勝って、刃が翻る。
一歩、退き、禎次郎は構え直した。
手首がジンと鳴っている。
相手が踏み込み、互いの刃がぶつかる。
その鉄のぶつかり合う音が、横からも響いた。宮地の声が上がる。
「とうっ」
肉を打つ音に「ぐう」という声が洩れる。身体が地面に転がる音がした。
その気配を聞きながら、禎次郎は目の前の相手と白刃を重ねていた。
身動きがとれない。
と、宮地が身を翻して、こちらに向いた。
「相手を致す」
禎次郎と対峙《たいじ》した武士の正面に立つ。
と、刀を振り下ろして、禎次郎と合わせたままだった相手の刀を払った。
飛び退いた相手は、宮地に対して構え直す。
「こやつ、大人《おとな》しく去《い》ねばよいものを」
その武士は歯がみをして、宮地に斬りかかった。

ひらりとそれを躱《かわ》して、宮地はその胴に峰を打つ。

傾いた肩に、もう一打、打ち込んだ。

崩れ落ちる身体を見ながら、禎次郎は宮地に目を見開いた。

強い、と思わずつぶやく。

宮地と目が合う。

禎次郎は一瞬、気構えるが、宮地は表情を変えない。山で向き合った相手だとは気がついていないらしい。

「かたじけない」

宮地は刀を鞘に収めながら、禎次郎に頭を下げた。

「ああ、いや、いらぬことを……」

苦笑する禎次郎に、宮地は硬い顔をふっと和らげた。

「いや、おかげで早くすんだ。わたしはみや……」

そういいかけたときに、遠くから声が響いた。

「辻斬りだ」

いくつもの足音も同時に近づいてくる。

「おっと、いかん、これにて」

坂を走り出す宮地に、禎次郎も頷いて背を向けた。

「では」

別々に、道を駆け出した。


駆けつづけた足が、暗い上野の山を見て、やっと落ち着いた。ここまで来れば、もう家に戻るだけだ。

屋敷の木戸門を開けて、禎次郎はしばらく息を整えた。

「ただいま戻りました」

家の戸を開けて、ほうと息を吐く禎次郎を、五月が迎え出る。

「まあ、お帰りなさいませ。遅うございましたね、さ、お待ちしていたのですよ」

夕餉の膳はすでに並んでいる。

「ああ、すみません、お待たせして」

禎次郎は膳について、改めて肩の力を抜いた。先ほどまでの緊張も、温かい湯気の中に解《ほぐ》れていく。

「では、いただきましょう」

皆が待ちわびていたように箸を取り上げた。

禎次郎も椀を口に運んで、熱い汁をすする。葱《ねぎ》と鮪《まぐろ》のねぎま汁だ。

「熱つっ」

向かいの栄之助の口から葱の中身が飛び出す。

「まあっ」

傍らの滝乃が身を引く。

「なんでしょう、子供みたいに葱鉄砲《ねぎでっぽう》を飛ばすとは」

「いや、しかし、ちゃんと椀に命中したぞ」

栄之助が椀の中に落ちた葱を見せると、滝乃はまあぁ、と顔をしかめる。

禎次郎は笑いながら、茶色く煮込まれた大根に箸を入れた。

「痛た」

思わず声が洩れる。力を入れた手首に痛みが走ったのだ。

「まあ、どうなすったんです」

覗き込む五月に、禎次郎はあわてて笑みを作った。

「いや、ちょっとぶつけたんだ」

刀を弾かれたときに手首をひねったことを思い出して、苦笑する。いざ、実戦となると、思っていたよりも腕が立たなかったのが口惜しい。心配そうに見る妻に、禎次郎は笑顔を作って見せた。

「このねぎま汁はうまいな」

ええ、と五月は微笑んで小声でささやいた。

「たくさん作ったので、離れの平四郎様にもお届けしました」

「ほお、そうか、それは助かる」

禎次郎は掛け値のない笑顔になる。まだまだ稽古をつけてもらわねば、と痛感していたところだから、妻の心遣いはありがたい。

「離れの御浪人なら……」聞こえていたらしい滝乃が顔を向ける。「わたくしも大根の煮物をお持ちしましたよ」

「え、そうですか」

人に打ち解けない滝乃にしては珍しいと、禎次郎は目を丸くする。

「驚くことではありません。あのお方は物干し竿が重くて難儀をしているときに手助けをしてくださったりと、怖そうなお顔に似合わず親切なのです」

「へえ」

「それに、婿殿はしょっちゅう、武術の教えを受けているではありませんか。礼をするのは道理というもの」

「はあ、お気遣いありがとうございます」

禎次郎は頭を下げると、滝乃は小首をかしげた。

「以前は非番といえばごろごろとしていたのに、婿殿は山同心に就いてから、たいそう変わりましたね」

「はあ……いや、公事方であった頃は筆さえ持っていればよかったのですが、見廻り方になってみるとそうはいかず……腕も立たなければいかん、ということを痛感したんです」

「ほう」栄之助が口を開く。「それはなにより……なに、変わるというのはいいことだ」

はい、と禎次郎は照れた笑いで肩をすくめる。

「人も水と同じで、変わらずにいると澱《よど》むもの、変わるといろいろなものが流れ出して、気構えも新しくなるとつくづく感じています」

「うむうむ、五月も絵をはじめて面立《おもだ》ちが変わったしな。楽しそうだ」

「はい」五月が微笑む。「好きなことをしていると、時の経つのが早いのです」

「おう、わかるぞ」禎次郎も頷く。「おもしろいと思うことをしていると、一日が短く感じられる」

「ええ、そうなのです」

「よし」と栄之助が拳を上げた。「やはりわたしも盆栽をやるぞ。若い者に負けず、いろいろと変わらねばもったいない。変わらぬと老けるばかりだしな」

「まあ」滝乃が目を剝く。「それはわたくしに対する当てつけですか」

「いやいや、なにをいう……だが、ムキになるのは図星ということだぞ」

「まあ、おまえ様の嫌味が癪《しやく》に障《さわ》っただけです」

むっとする滝乃にかまわず、栄之助は節をつけたようにいう。

「癪の種など蒔《ま》けば損、どうせ蒔くなら柿の種、とな」

「まあ、またそんなつまらぬことでごまかして」

「いや、ごまったごまった」

笑う栄之助に、滝乃は「まっ」とますます口を尖らせる。

禎次郎と五月は、下を向いて笑い合っていた。

## 三

朝の山を歩きながら、禎次郎は手首をひねってみた。昨日の今日で、まだ痛い。

鍛えねばいかんな……そう独りごちながら、山道を登る。と、その横にするりと若い武士が寄った。

「巻田禎次郎殿とお見受けする」

若いのによい身なりをしているその武士に、禎次郎は向き合った。見覚えはない。

「はあ、そうですが」

「わたしは北吉家の次男、利房《としふさ》と申す」

え、と思わず声が洩れ、辺りを見まわした。利房の背後には供らしい武士が一人いるだけだ。うろたえる禎次郎にかまわず、利房は言葉をつなげた。

「貴殿と少し、話がしたいのだが」

「はあ、そうですか」

禎次郎は前を向く。

「それなら歩きながら話しましょう。人に聞かれずにすみます」

うむ、と利房は並んで歩き出した。

「そなたは若埼家の盗まれた厨子を取り戻したと聞いた」

「えっ……なぜ、それを……」

再び驚く禎次郎に、利房は片目を細めてみせる。

「屋敷が近いのでな、いろいろと耳に入ることもあるのだ。で、仏像のほうはいかが致した」

「ああ、それはまだ行方がつかめていません」

答えながら、利房の横顔を探る。どのような意図で近づいて来たのか、量ることができない。その戸惑いを見抜いたように、利房は少し、口元を弛めて見せた。

「では、若埼家はまだ腹の虫が治まらぬであろうな。困ったものだ」

おや、と思う。

「お困りなのですか」

「うむ」

利房はやや上背のある禎次郎を見上げた。

「そなた、昨日、我が屋敷に参ったであろう」

うっと、息を吞んで、禎次郎は小さく頷いた。知っていたのか、やはりみられていたのだな。しかし、身許まで知られたとは……。そううろたえる禎次郎をちらりと見て、利房が溜息を吐く。

「そなたは突き止めたのであろう。あの盗みは、我が家臣が浪人を使っての仕業であったのだ。まあ、わたしも、昨日の騒ぎで知ったことなのだが……あの、争いで人をやり、辻斬りだと騒がせたのはわたしだ」

「えっ、そうだったんですか」

「うむ。盗みの一件を聞いたときから怪しいと思うて、屋敷の家臣を探らせていたのだ。したら、昨日、浪人がやってきて話し込んでいたので、わたしの家来がこっそりと聞き取ったのだ」

利房はちらりとうしろを見る。無表情なその家臣は、一定の間合いを取って、ついて来ている。

「困ったことに、家臣の一部に、なにかとことを起こしたがる者らがいる。それは若埼家も同様のようで、双方がつまらぬ諍《いさか》いを起こすのだ」

「へえ、そうでしたか。お家の皆様が敵対しているのかと思っていました」

いいながらも、佐奈姫の顔が浮かんだ。そういえば、あちらにも困っている人がいたな……。

「いや、確かに」利房がまた息を吐く。「殿様同士が仇と思い合っているので、家全体に及ぶのは致しかたがないのだが……」

肩を落とす利房を、禎次郎は言葉もなく見つめる。と、利房はその顔を上げた。

「して、巻田殿、その浪人のこと、若埼家にもう話されたか」

「ああ、はい。厨子を盗んだ者であることはいいました。ですが、北吉家の意向によるものであるとは、まだいっていません。知れればことが荒立つでしょうから、時期を見ていうべきかと思いまして」

「そうか」利房の目が輝く。「それはありがたい。こちらも穏便にすませる方策を練りたいのだ。いましばし、そなたの胸にしまっておいてくれまいか」

はい、と禎次郎は頷く。

「わたしもそのほうがよいと思います。若埼家にも両家の和睦を願っているお方がおられますし」

「なに、それは真《まこと》か」

利房の目がさらに輝く。

「ええ、佐奈姫様はそう申しておられましたよ」

「佐奈姫……確か、三女の……」

「ええ、そうです」

「そうか、それは心強いことだ」

利房は拳を握ると、ぐっと胸の前に掲げた。そして、振り向くと供に目顔を向けた。

すっと寄って来た供を、利房は禎次郎に示す。

「この者はわたしが信を寄せている者で、加山喜三郎《かやまきさぶろう》と申す。この者をしばしばこの山に寄越すゆえ、なにかあったらことづてを託してほしいのだが」

黙って腰を折る加山に、禎次郎も礼を返す。

「わかりました。そうしましょう」

頷く禎次郎に、利房が礼をする。

「かたじけない。恩に着る」

いえいえ、と禎次郎は笑顔を返した。

「お役に立てるどうかもわかりませんから」

「いや、助かる」

では、と去って行く二人を見送りながら、禎次郎は手首をさすっていた。いてて、とつぶやきながらも「よし」と拳を握って上げた。


昼九つ（十二時）の鐘が響き渡る。

黒門に集まった禎次郎と三人の配下は、中食《ちゅうじき》をとるため、いつものように町に出る。足が向くのもいつもと同じ煮売り屋だ。

「あら、いらっしゃい。今日はぶりがおいしいよ」

店を一人で切り盛りするおとせが、ちょうど空いた奥の板間を片付けながらいう。

「じゃ、ぶりだ。それと炒り豆腐はあるかい」

「はいな」

禎次郎にそう答えると、てきぱきと飯を盛りつける。

「みんなも同じでいいのかい」

「ああ、いい」

四人は二人ずつ、向かい合って胡座をかいた。すぐに椀や皿が並べられる。

「やっぱり味噌汁はしじみだな」

勘介が音を立てて汁をすする。

「そりゃ、昨夜、酒を飲んだからだろう」

岩吉は糠《ぬか》漬《づ》けをのせた飯をかき込んで笑う。

「そういえば旦那」雪蔵がぶりをほぐしながら、顔を上げた。「さっき、どこかの若様みたいなお人と話し込んでましたね」

ああ、と禎次郎は身を乗り出して、声をひそめた。

「ここだけの話だがな、北吉家の御次男だそうだ。若埼家のことでなにかと気に病んでいるらしくてな、ちょっと話し込んだんだ」

「へえ、次男ねえ」
そのやりとりに「あら」とおとせが振り向く。
「こんな狭いとこで声を落としたって、丸聞こえですよ、旦那。北吉家の御次男って
いったら……そっか、もう二十歳になるんですね」
「おとせさん、知ってるのかい」
驚く禎次郎におとせはくっと笑う。
「会ったことがあるわけじゃありませんよ。けど、そら、お家騒動があったでしょ、
あたしの知り合いがそれに巻き込まれてね、いろいろ話を聞いたんですよ」
「え、なんだい、そのお家騒動っていうのは」
おとせは前垂れで手を拭きながら、近寄って来た。
「いえね、大した話じゃないんですけどね、ちょっと揉めたんですよ。あたしの知り
合いは中間《ちゅうげん》奉公でお屋敷に上がってたんだけど、そこの書院番のお侍さんにかわい
がられてたんですって。で、その書院番がお家騒動で下屋敷に飛ばされてね、中間も
いっしょにっていわれたんだけど、なにしろ行き先は巣鴨《すがも》村だ。いやだってんで、奉
公を辞めちまったんですよ」
「いや、だから、そのお家騒動というのは、どういう内容だったんだい。あの御次男

が関わっているのかい」

「ええ、そう。あの御次男はね、実は長男なんですよ」

「はぁ」

禎次郎のみならず、皆の口がぽかんと開く。

「ああ、だから」おとせは手を振りながら続ける。「北吉家の御長男は、御正室の産んだお子なのさ。けど、その子が産まれて間もなく、御正室は病で死んじまったの。で、しばらくしてから入ったのが御継室ってこと。そのお方が産んだのが、あの御次男というわけで、御継室にとっては長男なのよ」

「なるほど、しかし、長男がすでにいるのなら、あくまで次男だろう」

禎次郎の言葉に、おとせはじれったそうに手をひらつかせる。

「そうなんだよ、だから、それが御継室にとっては気にくわなかったんでしょうよ。誰だって、お腹を痛めて産んだ我が子を跡継ぎにしたいと思うじゃないの」

「そりゃ、そうだな」

勘介が頷く。

「だろう」おとせが満足気に首を振る。「それで、御長男を粗末にして御自分の子を大事にしたらしいんだ。そしたら、長男を立てようとする者と次男を立てようとする者に分かれちまったらしいんだよ」

「なるほど、それは確かにお家騒動だな」

「だろう」

おとせが胸を張る。が、

「おうい、煮豆をくれ」

という外からの声に、おとせはそちらに走る。

ふうむ、と禎次郎は飯を噛みながら考え込む。そうか、だから、あの次男は争い事が嫌いなのかもしれないな。揉め事のなかで育てば、誰だって嫌になろうよ……。

「それでね」

おとせが戻って来た。

「ああ、それでどうなったんだ」

「ええ、結局、お殿様が御継室を叱ったそうなんだよ。お殿様は最初は気がついてなかったらしいね。で、誰かが御注進して、わかったみたいなんだ。で、御継室は下屋敷に閉じ込めて、一件落着ときたもんだ。まあ、次男を担いだ配下も下屋敷に飛ばされたってわけなんだけどさ」

「なるほど、それでおとせさんの知り合いは辞めたんだな」

「そうそう、そういうこと」

おとせは腰に手を当てて頷く。

「へえ」勘介はしみじみと見上げる。「おとせさんは世間が広いね」

「あら、やだよ、たまたまだよ、たまたま」

ばんと勘介の肩を叩いて、おとせは竈《かまど》に戻る。

「いや、思わぬいい話が聞けたよ」

禎次郎もぶりを口に運びながら、おとせの背に礼をいう。と、おとせはくるりと振り向いた。

「お得意さんへのおまけだよ。なんでも聞いとくれ」

ぽんと胸を叩いて、はははと笑った。

四

人の行き交う両国橋を、禎次郎は渡る。

観音像はどこか……。

これはやはり、宮地豊之助に質《ただ》すのが一番早い。そう意を決めて、家を出て来たのだ。助太刀をしたときに相対した宮地は、臆することのない男だった。盗みをしたとはいえ、性根《しょうね》までが腐っているようには見えない。そう感じたのが心を決めさせた理由だった。

山本町の正平長屋に、再び足を踏み入れる。

戸の外に立つと、禎次郎はすっと息を吐いてから、

「ごめん」

と、声を上げた。

中から人の動く気配が伝わってくる。

「誰です」

女の声だ。

そういえば以前に来たとき、母上と呼びかけていたのを思い出す。禎次郎は声音を穏やかに落とした。

「宮地豊之助殿はおいででしょうか」

気配が近づいて、ぎしっと音を立てて戸が開く。

現れた小柄な母親に、禎次郎は礼儀正しく腰を曲げた。

「わたしは巻田禎次郎と申します。宮地殿に用があって参りました」

まあ、と母は微笑みを浮かべて、しゃんと姿勢を正した。このような長屋にあっては、礼を尽くされることはまれなのだろう、と察せられた。

「わたくしは豊之助の母、芳野《よしの》と申します。あいにくと、豊之助は今し方、急に出て行きまして……なれど、何も申しておりませんでしたから、すぐに戻ると存じます。どうぞ、中にてお待ちください」

「はい、失礼致します」

禎次郎は戸口をくぐった。

ひと間の長屋だが、庭に面した窓から障子越しの光が差し込んで明るい。たたまれた布団や重ねられた柳 行李《やなぎごうり》も、きっちりと乱れがない。

「さ、どうぞお楽に」

藁で編んだ敷物を、芳野は差し出した。

「は、では」

胡座をかいた禎次郎は、目を動かして部屋の中をみまわした。小さな箪笥《たんす》の上に仏像が置かれている。はっと、目を瞠るが、その姿を見つめて冷静になった。仏像は座像で、聞いていた十一面観音像とは違う。

「あの仏様は大日如来ですか」

見上げる禎次郎に、芳野は小さく首を振った。

「いいえ、阿弥陀如来様《あみだにょらい》です。我が家に代々伝わる守り本尊なのです」

へえ、と禎次郎は照れ笑いをして頭を掻いた。

「すみません、違いがよくわかりませんで」

「まあ、大日如来様を御存じなだけでも、御立派です。うちの豊之助はまだしも、世の殿御は仏像の違いをご存じないのがふつう。皆さん、お地蔵様も観音様も、同じに見えるようですよ」

ほほ、と微笑む。

はは、と笑いにつきあいながらも、禎次郎はぼりぼりと首筋を掻いて、まいったな、と腹の中でつぶやく。この母はいかにも善良そうだ。武家としての誇りも感じられる。息子が盗みなどをしたとわかったら、どれほど失望するか……。そう考えると、いたたまれない。

「あの、また出直して参ります」

禎次郎が立ち上がった。

「まあ、なれど……」

「いえ、ほかにも所用がありまして」

頭を下げる禎次郎に、芳野は申し訳なさそうに、三つ指をつく。

「まあ、申し訳もありませぬ。せっかくお越しいただきましたものを」

いえいえ、と禎次郎はうしろに下がって三和土《たたき》に下りた。

外に出ると、ふうと息を吐いた。


山本町を出て、ぶらぶらと道を歩く。

しかし、困ったな、と独りごとが口をつく。と、その足が止まった。前からやって来るのは宮地だ。眉を寄せ、口を曲げて、うしろを振り返りながら歩いて来る。一瞬、躊躇《ちゅうちょ》をしたものの、禎次郎は肚《はら》を決めた。

「宮地豊之助殿」

そう呼びかけながら、前に立つ。

あっと宮地は顔を上げる。

「貴殿は……」

「ええ、先日、よけいな手出しをした者です。巻田禎次郎と申す」

「なにゆえ、わたしの名を……」

警戒心を顕《あら》わに、宮地は身構える。

禎次郎は辺りを見まわして、傍らに伸びる三十三間堂《さんじゅうさんげんどう》の長い堂宇を指さした。

「あちらで話しましょう」

歩き出す禎次郎に、宮地もためらいつつ付いて来る。

長い堂宇の周辺は、人もまばらだ。京都を倣って通し矢などを行うときには、大勢の人が押し寄せるが、ふだんはそれほど見るべきものもなく、参詣者は多くない。

禎次郎はさらに人のいない木陰へと歩いて行くと、くるりと宮地に向き合った。

「実は、最初に会ったのは、上野のお山です」

禎次郎は腰のうしろから十手を抜き出すと、そっと前に掲げた。

あっと声を上げて、宮地は一歩下がる。まじまじと見つめると、

「あのときの、山同心……」

そうつぶやいて、手を刀にかける。

「ああいや、捕まえるために来たわけじゃありません」

あわてて十手を納め、禎次郎は手を振った。

「わたしは南町奉行所から出向している山同心でして、まあ、あのときちょうどあの場に居合わせたわけです。で、若埼家から、仏像を取り戻してほしい、と頼まれたのです。それを受けて探索をしたら、宮地殿に行き着いた、と……」

「では」刀に手をかけたまま、宮地は眉を寄せる。「先般、助太刀に入ったときには、あとを付けていたということか」

はい、と頷く。

「まあ、それであの仕儀が北吉家の意向によるものだということが、推察されました。そうなんですか」

ぐっと喉を鳴らして、宮地は手を下ろした。

「そうだ」

拳を握る宮地に、禎次郎は口元を弛めて、首をかしげた。

「先ほど、お宅に伺ってお母上と話をしました」

「なにっ」

「ああ、なにもよけいなことはいっていません。よいお母上で……なので、わたしはできれば穏便にすませたいと思っているんです。両家にもそう考えているお人がおられますし」

若崎家の佐奈姫と北吉家の利房の顔が思い浮かぶ。

宮地は怪訝そうに眉を歪めた。

「そうなのか。あの両家は、長いあいだ、犬猿《けんえん》の仲と聞いておるぞ」

「いや、すべての人がそうではないようでして、諍いを厭《いと》うておられる方もいらっしゃるのです。できれば和睦をしたいと……」

ほう、と宮地の硬かった表情が、やや弛んだように見えて、禎次郎は大きく頷いた。

「はい、ですから、仏像のありかを教えていただきたいんです。仏像さえ戻れば、ことを荒立てずに収められると思うので」

微笑む禎次郎に、宮地は口を曲げて上目になった。

「仏像は……捨てた」

その言葉に、禎次郎の膝が曲がる。これまでか……。

「大川に、ですか」

「いや、谷中《やなか》だ」

「谷中」膝が伸びる。「谷中のどこです」

「おぼえていない。あのとき、湯島《ゆしま》へと走って逃げて、どこやらまわったあと、根津《ねづ》権現《ごんげん》に着いてしばらく身を潜めておったのだ。しかし、いつまでもおるわけにはいかぬし、かといって厨子や仏像を持ち帰るわけにもいかん。母上はお目が高いから、ごまかしが利かぬしな」

「ああ、お宅で阿弥陀様を見ましたよ」

禎次郎の言葉に、宮地は頷く。

「母上が朝夕、手を合わせているものだ。わたしも子供の頃からあの阿弥陀様を拝んでおるのでな、仏様を粗末にはできん」

「はあ、それはいかにも……信心の薄いわたしでさえ、仏様に下手《へた》なことはできませんからね。売れば罰が当たりそうだし、川やごみ溜めに捨てるなどしたら、三代祟《たた》られそうだ」

うむ、と宮地の頬が和らぐ。

「そうであろう。それゆえ、わたしは迷ってな、根津から坂を上がって谷中に出て、寺の山門に置いて来たのだ」

「山門……お寺の名前は」

「おぼえておらん。いや、そもそも見ていない。寺がずっと並んでいるなか、適当に置いて、走り去ったのだ。それから芝に行って、厨子を売り払った」

はあ、と禎次郎は肩を落とした。谷中は寺町の中でも、とくに寺院の数が多い。山門の数も数えきれない。

いやまあ、と禎次郎が顎を上げた。

「谷中ならつてがあるので、なんとかなるはず。探し出します」

「そうか」

宮地も怒《いか》らせていた肩を下げて、改めて向き直った。

「仏像を見つけて、もしもことが収まるのなら、こちらも助かる。愚かなことをしたと、今は悔やんでおるのだ」

禎次郎は顔を巡らせると、踵を返した。

「あちらの日向《ひなた》に行きましょう。ここは寒い」

堂の西側に、日が当たりはじめている。のんびりと歩く老人はいるが、人気《ひとけ》はそれくらいだ。

黙って付いて来る宮地を、禎次郎はちらりと振り返る。

「先日、斬りかかってきた相手は、誰だか心当たりがあるんですか」

「うむ、北吉家の家臣に違いない」

やはり、と禎次郎は顔を向ける。

「口封じのための脅しですか。質《たち》が悪いな」

「ああ、あやつらはとんでもない輩《やから》だ」

宮地は立ち止まると、拳を振り上げた。

「そもそも、仕官の話と引き替えに、あの盗みを持ち出したのだ」

「仕官の……」

「そうだ。藩士として召し抱えるから、その前に一つ、仕事をしてほしいといわれてな、しかたなく引き受けたのだ」

「それはまた、なんとも卑劣な」

「うむ」宮地が歯ぎしりをする。「しかし、わたしは母上のために、どうしても仕官がしたかったのだ」

禎次郎は頷いた。実直に生きたいと願う浪人であれば、仕官を望まない者はいない。ましてや、それが母の願いであれば、機会を失うことはできないはずだ。しかし、この事態は……。

「では、仕官の話はうまくいかなかったんですか」

「そうだ」宮地が地面を蹴る。「あのとき、屋敷に行ってみたら、あの者ら、仕官の話は流れた、と言い放ったのだ。それをいう顔でわかった、仕官話などは端《はな》からの嘘、最初からただ、わたしを利用するつもりだったのだ」

拳が振り上がる。

「へえ、そいつはひどい」

「ああ、だから、わたしはこの件、訴え出るといってやった。そうしたら、襲われたという始末よ」

なるほど、と禎次郎は腕を組む。

「さらに」宮地が拳を振る。「先ほども、なにやら怪しい者がやって来たのだ」

「え、あの長屋にですか」

「そうだ、一昨日からなにやら気配を感じることがあったので、気をつけていたのだ。したら、家をこっそりと窺《うかが》う者に気がついてな」

禎次郎は母芳野の言葉を思い出した。

「あ、だから、急に出かけて行った、と」

うむ、と宮地が頷く。

「気配を感じて戸を開けると、男が一人、走り去った。いかにも下《した》っ端《ぱ》侍のような者でな、こちらはそのあとを追ったのよ。まあ、見失ったがな」

「へえ……罪が明かされては困ると、あちらは焦っているわけですね」

ふうむ、と唇を嚙む。

「非道な話だ。だが、長屋にまで来るとは、お母上が心配ですね」

こっくりと宮地が頷く。

「それを考えておる。母上の身に危害が及ぶようなことがあってはならん。そもそも、こたびの一件、母には知られたくない。家移りをせねばならんだろうな」

「家移りとは、大事《おおごと》だ」

禎次郎は「うむ」とうなだれる宮地を見つめた。

腹の内からじわじわと同情が湧き上がって来る。と、同時に義憤も立ち上る。

宮地は顔を上げて、禎次郎に会釈をした。

「情けをかけてもらい、かたじけない。もうよいか、母が待っておるゆえ」

「ああ、はい。お引き留めして……」

会釈を返す禎次郎に背を向けて、宮地が歩き出す。

悄然としたそのうしろ姿を、禎次郎はじっと見送った。


深川を離れて、禎次郎は谷中へと足を向けた。

谷中なら桃源院《とうげんいん》の一炊《いっすい》和尚《おしょう》がいる。仏像がどこに置き去りにされたのかはわからないが、なにか手がかりはつかめるかもしれない。

谷中は坂の上にも下にも途中にも、大小の山門が並ぶ。三つ葉葵の御紋のついた立派な門もあれば、慎ましやかな門もある。

そのうちの一つ、質素な門を禎次郎はくぐる。さして長くない参道から逸《そ》れて、勝手知ったる庫裏《くり》へと向かう。僧侶の住まいであるから、だいたいはこちらにいることがわかっている。

「和尚様」

呼びながら戸に手をかけるが、動かない。

「一炊和尚ー」

大声を張り上げても返事はない。

本堂だろうか……。つぶやいて、本堂の階段を上るが、がらんとした堂内に、やはり人の気配はない。

しかたない、出直すか。そう独りごちて、禎次郎は山へ続く道を歩き出した。山を通り抜ければ、麓《ふもと》の組屋敷はすぐだ。

夕暮れの空を、鳶《とび》が大きく輪を描いて飛んで行った。


「婿殿、なにをしておいでか」

廊下を行ったり来たりしている禎次郎に、母の滝乃が声をかけた。

「そのようにうろうろと落ち着きのない。お腹を空かせた鼠でもあるまいし」

「いえ、まあ……そういえば腹が減りましたね」

「そうでしょうとも、夕餉の膳が調いましたよ。おいでなさい」

はい、と禎次郎は覗いていた部屋の障子を閉めた。

いつものように、四人がそれぞれの箱膳に着く。

わかめの味噌汁をすすると、禎次郎はほうと息を吐いた。

「いや、腹に染みわたる」

「今日は朝からずっとお出かけでしたものね、切り干し大根にちくわを入れておきましたよ」

五月は小鉢を目で示す。丸いちくわが山盛りになっている。

「こっちは大根ばかりだがな」

栄之助が細い切り干し大根を箸でつり下げる。

「まあ、それはひがみですか。大人気《おとなげ》のない」

滝乃の言葉に、栄之助が腰を曲げる。

「大人を通り越してはや老人だからな。気持ちが子に戻るのだ」

「まあ、いやなことを。老人というほどの歳ではありますまい」

口を曲げる滝乃に、禎次郎は笑顔を向けた。

「そうですとも、まだまだお若い。母上などは、髪も肌もつやつやしているじゃないですか」

まあ、と滝乃が大きく口を開いた。

「なんですか、婿殿。なにか不始末でもしでかしたのですか」

ふむ、と栄之助も首をひねる。

「そのように心にもないことをいうとは、珍しいな」

五月も窺うように横顔を見る。

禎次郎は箸を置くと、背筋を伸ばした。

「はい、実は皆さんにお願いがあります」

皆の目が集まる。

禎次郎は頭を下げた。

「この家に、しばし、人を置いていただけないでしょうか」

「人……とは、まあ、どなたです。まさか、旦那様、外に女《おなご》を……」

五月の揺れる声に、禎次郎はあわてて手を振った。

「まさか、そんなんじゃない。いや、女もいるが……」

「まあっ、婿殿」

「ああ、違います。置いてほしいのは、ある浪人とその母御なのです」

見合わせる皆の顔を、禎次郎は順に見つめた。

「いや、詳しい事情は話せないのですが、その浪人が理不尽なことで危害を加えられようとしておりまして、へたをすると、母上まで巻き添えになりそうなんです。その母上は信心深くてよいお方で……おそらく、ひと月もかからずにことは収まると思うので、それまでのあいだ、奥のひと間に……いかでしょうか」

まあ、と五月は眉を寄せると、懇願するように滝乃を見た。

「ほんの短いあいだなら、よいのではないでしょうか」

ふむ、と栄之助も妻を見る。

「婿殿のおかげで今はゆとりもあるしな」

滝乃はだまって前を向いている。

皆がしんとしてその眼差しを見つめた。

「ようございます」

滝乃がぽんと膝を打つ。

「困っておられるなら、助けるのが武家の矜恃《きょうじ》。お連れなさい」

「いいんですか」

「武士に二言《にごん》はない」

胸を張る妻に夫がつぶやく。

「武士ではあるまいよ」

「武士の妻にも二言はないっ」

滝乃はぽんと胸を叩いて言い放った。

# 第三章　長《なが》の仇敵《きゅうてき》

## 一

禎次郎はいつものように、根本中堂の辺りを歩く。と、前から仲間の山同心片倉籐《かたくらとう》兵衛《べえ》がやって来た。組屋敷でも隣に暮らしているが、あまり顔を合わせることもない。片倉は見廻りの合間に、屋敷に戻ったり、どこかに姿を消してしまうこともしばしばだ。その要領のよさに、禎次郎ももう馴れた。

「おう」

手を上げる片倉に小さく会釈をする。町奉行所から出向してきている山同心はこの二人だけだが、片倉は一応、その筆頭となっているからだ。

「なにもないか」

片倉の問いに、禎次郎は「はい」と答えてすれ違った。

そのうしろ姿を振り返って、禎次郎はそうだ、とつぶやく。と、その足を北に向けた。その先には谷中へと続く門がある。先輩を倣って、少しくらい抜けたってかまわないだろう……。そう言い訳をしながら、小走りになった。

歩き馴れた谷中の寺町を、そのまま進む。

昨日、訪れた桃源院の山門をくぐり、禎次郎は辺りを見まわした。

「一炊和尚」

枯れ枝のような細い姿を見つけて、禎次郎は駆け寄る。庫裏の軒先で大根を干していた一炊は、その手を止めて振り向いた。

「おや、禎次郎か、久しぶりだのう」

「いえ、昨日も来たんです」

ほう、といいながら、手にした大根を禎次郎に押しつける。

「ちょうどいい、そこに吊してくれ」

はい、と上背のある禎次郎は、楽々と手を伸ばして大根を吊す。

「で、なにか用か」

次の大根を差し出しながら、見上げる。

「はい、実はお訊ねしたいことがあるんです。最近、谷中に観音像が捨てられ、いえ、置き去りにされていた、という話を聞いてませんか」

「観音様、とな。ふうむ、知らんな。どういうことじゃ」

「実は……」

禎次郎は次々と手渡される大根を干しながら、盗みからはじまった一件を説明した。

「ほう、それで谷中に置き去りにしたのか」

「そうなんです。ですが、どこのお寺かがわからないので……」

ふうむ、と一炊は細い首を曲げる。

「わしゃ、まわりの坊主どもとはあまりつきあいがないからなぁ。それに、その寺がそのまま持っているとは限らんぞ」

「え、どういうことですか」

「ううむ、まあ寺にはすでに御本尊様がおられる。宗派によっても、寺によっても御本尊様は違う。新しい仏様が御本尊と重なることもあるし、住職の好みもある。観音様が持ち込まれたからといって、そのまま寺に祀るとは限らん」

「そうなんですか」

「そうじゃ。第一、置き去りにされた物だと由来がわからんからな、障《さわ》りを恐れてほかの寺にやってしまうこともある」

「障り、とは」

「祟《たた》りじゃよ」一炊がにやりと笑う。「仏像はきちんと拝まなければ、かえって、禍《わざわい》となることもあるんじゃ」

ええ、と仰《の》け反《ぞ》る禎次郎に、一炊は真顔で頷く。

「まあ、そうわけじゃから、どこにあるのか、すぐ探し当てるのは難しいかもしれんのう」

ええ、と今度はうなだれる禎次郎に、一炊は顎を上げた。

「探したいのか」

「はい、是非とも」

「ふむ、しかたない。では、まわりの寺に訊いてまわることにしよう」

「ありがとうございます」

禎次郎は深々と腰を折った。

「して、その観音様はどのようなお姿か聞いておるか」

「はい、十一面観音で、それほど大きくはないそうです。台座に三つ葉葵の御紋が付いてるということで、それが目印になると思うんですが」

「三つ葉葵とな」

「はい、松平家縁《ゆかり》のものだそうで」

　ふうむ、一炊の眉が寄る。

「それはちと面倒かもしれんな」

「面倒……」

　不安気に歪んだ禎次郎の顔に、一炊は笑顔を返した。

「いやなに、どう転ぶかはわからん。とにかく、探してみようぞ」

　そら、と一炊から、また大根が手渡された。


　見廻りに戻った禎次郎は、懐手《ふところで》をしながら歩いていた。寒さのせいばかりでなく、腕組み代わりだ。

　うつむき加減のその歩みの前に、人影が立った。

　あっと、禎次郎は立ち止まる。人影は先日、北吉家の次男利房とともにやって来た家臣加山喜三郎だった。

　そういえば、毎日寄越すといっていたな、と禎次郎は思い出す。

「ちょうどよいところに……実は、利房殿にお伝えいただきたいことがあるのです」

禎次郎は人気《ひとけ》の少ない林へと、加山を誘った。

向かい合うと、なにか、と加山は目顔で尋ねた。

「はい、実は、仏像のありかが大まかにですがわかりました」

「真《まこと》ですか」

と、落ち着いた佇まいの加山が、表情を変えた。

「はい、まあ、まだ見つかってはいないのです。ですが、大川に捨てられたわけではない、ということがわかりました。最悪の事態は免《まぬが》れたと、お伝えください」

「ああ、それはよかった、利房様も御安心召されるでしょう」

加山は安堵に顔を弛めた。

「あのう……」

禎次郎の口から、思わず抱えていた疑問がこぼれ出た。

「利房殿は諍いを起こすのは家臣の一部、とおっしゃっていましたが、それはどういう方々なんですか」

ああ、と加山の眉が寄る。

「こちらからお頼みした一件ですから、申しますが……なにかと諍いを起こしたがるのは、若殿様の配下の者達なのです。じきに殿様の跡を継がれることが決まっておりますので、今から取り入っておきたいと考えているのでしょう」

「なるほど……若殿様というのは利房殿の兄君ですね。ということは、若殿様も若埼家に対して、敵対心をお持ちだということですか」

「ええ」眉間のしわが深まる。「若殿様はお父上であるお殿様のお気持ちを、何かにつけてそのまま受け継いでおられるのです。幼い頃からお殿様のお気持ちに敏感であられたので、お父上のお心をそっくり飲み込んでしまったのでしょう」

なるほど、と禎次郎は腑に落ちる。長男と次男を巡って、跡目争いが起きたというおとせから聞いた話を思い出していた。次男には母がついているが、長男にとって頼りになるのは父だけだったのだろう。と、なれば父に気に入られようと、心に添おうとするに違いない。そして、その若殿様に、家臣らも添おうとする……。

「利房殿は、兄上の御配下らを抑えられないのですか」

加山の顔が険《けわ》しくなった。

「それは……難しいのです。利房様は表には出ぬことを貫いておりますので。その、昔、少し、ことがあったもので……」

なるほど、と禎次郎はまた得心する。お家騒動は利房の本意ではなかったということだろう。それの意を証するために、力を欲せず、決して出しゃばらないという姿勢を取ったに違いない。

「わかりました、立ち入ったことをお聞きして失礼しました」

禎次郎は改まって、頭を下げた。

「ああ、いや」加山は顔をほぐす。「この一件に助力をお頼みしたのは、こちら。事情を明かさないというのも失礼な話ですし……まあ、恥ともいえる話なのですが、もともと殿様の側近にも、そうした傾向があったのです。憎し、という相手にことを仕掛けて、殿様に溜飲《りゅういん》を下げていただく……それがうまくいけば、殿様の心象もよくなりますから」

「はあ、それはどこの御家中にもありそうなことですね」

「いや、そういっていただけると……しかし、それをすれば相手から意趣返しをされる。ために、さらに憎さが増す、というなんとも悪い循環になるのです」

加山は溜息をこぼした。

「それを利房殿は案じておられる、ということですね」

禎次郎の言葉に、加山は曖昧に頷いた。

「ええ、まあ……いや、しかし、よかった。とりあえず、巻田殿のことづてをお伝えしておきます。かたじけないことですが、引き続きお願い致します」

加山は礼儀正しく腰を折る。

はい、と見送る禎次郎に再び礼をして、山を降りて行った。


翌日。

中食《ちゅうじき》のために黒門に集まった三人と、禎次郎は町へと歩き出した。人混みの中に入ると、禎次郎は小銭をつかんで雪蔵に差し出した。

「悪いが、これで飯を食ってくれ。おれはちょっと行きたい所があるんで、一刻《いっとき》ほど抜けたいんだ」

「はい、わかりました」

雪蔵に続いて勘介も頷く。

「お山は任しておいてくだせえ。旦那が遊びで抜けるお人じゃないってことはわかってますから、どうぞごゆっくり」

「すまないな」

禎次郎は背を向けると、走り出した。

両国橋へと続く道だ。

まさか、もう家移りしちまってないだろうな……。そう胸中でいくどもつぶやく。

早足のまま、深川へと向かった。

山本町の正平長屋だ。

「ごめん、宮地殿、おられるか」

戸を叩くと、すぐに中から開いた。

戸に手をかけた宮地豊之助は、同心姿の禎次郎がいきなり現れたことに、目を見開く。奥の座敷からも母芳野が首を伸ばしていた。

その二人に笑顔を見せて、禎次郎はずかずかと入り込む。

「ああ、よかった、もう出てしまったかと気を揉んだ」

上がり框に腰を下ろして、禎次郎は息を整える。

芳野は改めて黒羽織を見つめると、膝でずいと寄った。

「巻田様とおっしゃいましたね。同心なのですか」

「はい、実は……」と、禎次郎は身分を名乗る。「今、ある一件で、豊之助殿に御協力をいただいております」

「まあ……どういうことなのでしょう」

芳野は怪訝そうに息子を見た。

「急に家移りを、と息子が言い出しましたし、なにがなにやら……」

母に困惑気味に見つめられて狼狽《ろうばい》する豊之助に、禎次郎は片目で合図を送る。

「ああ、いえ、豊之助殿は厄介事に巻き込まれただけなんです。それもじきにすむでしょうが、まあ、それまではここにいないほうがいい。不埒《ふらち》な輩《やから》が悪さをするかもしれませんから。なので……」

禎次郎は立ち上がった。

「我が家に参りませんか」

は、と母と子は目を丸くする。

「わたしの組屋敷は、八丁堀《はっしょうぼり》ではなく、上野の山下《やました》にあります。そのほうが便利なもので。で、まあ、広くて部屋もあまっているんです。ことが収まるまで、おられればいい。それでまたここに戻って来れば、面倒な家移りもしなくてすみます」

意想外の申し出に、二人は目を見合わせる。しかし、と豊之助の口から洩れたつぶやきに、禎次郎はいった。

「おそらく、半月ほどでことは収まるはずです」

「それは真、か」

「ええ、たぶん。ですから気兼ねはいりません」

禎次郎の笑顔に、豊之助は姿勢を正した。

「では、母上をお願い致す」

「まあ、なにをいうのです」芳野は息子を見る。「そなたはどうなるのです」

「わたしは心配いりません」

豊之助は腕を掲げて振る。

「なれど、不埒な輩、と巻田様は申したではありませんか。万が一のことがあったら、この家はどうなります」

「万が一など……わたしは誰にも負けませんよ」

「いいえ」芳野がぴしゃりと畳を叩く。「そなたの父上も、そのように過信したことが命取りになったのです。なりません」

二人のやりとりを見つめながら、禎次郎は腕を組んだ。なにがあったのかはわからないが、父も腕自慢であったらしい。豊之助は大事な証人なのだから、万が一があっては禎次郎にとっても困る。

「お二人で来られたほうがいい。そのほうがお母上も安心でしょう」

「ええ。豊之助が行かぬのであれば、わたくしも参りません」

母の強い口調に、豊之助はぐっと口を結び、それを開いた。

「ですが、母上」

「いいえ、いっしょに」

毅然と見据える母に、豊之助はふうと息を吐く。

「わかりました。では、ともに参りましょう」その顔を禎次郎に向ける。「お邪魔させていただきます」

「おう、よかった」禎次郎は破顔した。「では、行きましょう」

「は、今からですか」

豊之助が目を剝いた。

「それはさすがに」芳野も困惑する。「食べ物の始末などもありますゆえ」

「そうか……では明日、迎えに来ます」

禎次郎はそういうと、くるりと背を向けて戸口を出た。と、その足を止めた。侍が一人、戸の脇からあわてて立ち去ったからだ。

何者だ……。禎次郎は路地に入って行くうしろ姿を見ながら、目を眇《すが》めた。

二

「この部屋を使ってください」

宮地母子を連れて来た禎次郎は、二人を奥の部屋へと案内した。

「午後になると日射しが入ります」

柳行李を置きながら、母子に笑顔を見せる。

滝乃もつかつかと入ると、中に置かれた文机を指さした。昨日、運び込んだ物だ。

「これをお使いくださいな。あと、御入り用の物がありましたら、遠慮なくこの婿殿におっしゃってください」

母の芳野はしずしずと畳を踏んで入って来ると、ぐるりと見まわした。なにもない部屋だが、長屋のひと間よりは広い。

「よいお部屋ですこと。本当にお言葉に甘えてしまってよろしいのでしょうか」

「御遠慮なく」

五月も微笑む。

栄之助は、恐縮して廊下に佇む豊之助を見た。

「貴殿、歳はおいくつか」

「はい、二十八です」

「ほう、それならば婿殿より二つ下か。まあ、兄の家と思うてくつろがれるがいい」

はっはっ、と笑いながら、廊下を戻っていく。

「どうぞ、ごゆるりと」

そう微笑んだ、滝乃と五月もそれに続いた。

「かたじけのうございます」

深々と頭を下げてから、豊之助は部屋の中の禎次郎に近寄って行った。

「よい御家族ですな」

「ああ、まあ……」

苦笑いをする禎次郎に、豊之助は小声でささやいた。

「助かりました。実は家移りをしようにも先立つものがなく、途方に暮れていたのです」

禎次郎は小さく頷くと、片目をつぶって見せた。あの長屋暮らしであればおそらくそうだろう、と思っての判断だったが、まさかそうはいえない。

背後から、物音が立った。

芳野が抱えてきた包みから阿弥陀像を出している。それをそっと文机に置くと、芳野は手を合わせて瞑目した。

手を離すのを待って、禎次郎はいった。

「うちにも聖観音《しょうかんのん》の掛け軸があるんですよ。母がお祀りしたいと言い出したものですから」

「まあ、そうなのですか」

「ええ、これからお見せしましょう、ついでに台所などを案内します。どこも好きに使ってください」

禎次郎の提案に、芳野はいそいそと立ち上がった。


二日後。

山を見廻る禎次郎の目に、木の下でひらひらと揺れているものが映った。枯れ枝のような、一炊和尚の腕だ。

「和尚様」

駆け寄った禎次郎を、一炊は渋い顔で見上げた。たちまち禎次郎の胸の内で動揺が起きる。

「ど、どうしたんですか」

「ふむ、良いような悪いような話じゃ」

ごくり、と禎次郎の喉が鳴る。

「教えてください」

「うむ、まず、観音像が見つかった。最初は、青龍寺《せいりゆうじ》の山門に置かれていたそうだ。が、そこの和尚は面倒がって、弟子が住職を務める玉泉寺《ぎよくせんじ》に持って行った。しかたなく受け取ったが、やはり要らぬということで、そこの住職は閑門院《かんもんいん》に譲り渡した。どこも大寺《おおでら》じゃ」

「はあ、そんなに転々としたんですか」

「ああ、だからいったであろう。誰もがほしがるわけではないんじゃ。まだ終わりではないぞ、閑門院は次に桐岳寺《とうがくじ》に押しつけた」

へぇえ、と禎次郎は言葉を失う。

「そこまで突き止めたから、わしゃ、桐岳寺に行ってみたんじゃ。行ってみたら、そこは小さな寺じゃった」

一炊はぎろりと禎次郎を見上げた。

「そなた、金子《きんす》は持っておるか」

「金子……ああ、はい、少々なら」

「少々では心許《こころもと》ない。小判の類《たぐい》はどうじゃ」

禎次郎は懐に手を当てた。若埼家から受け取った小判が、まだ三枚残っている。

「はい、三両、この件のために預かっています」

「そうか、なら参ろう」

一炊はくるりと踵を返すと、谷中の方角へと歩き出した。

「あの、どういうことでしょうか」

それに従いながら、禎次郎は小柄な一炊を覗き込む。

「ふむ、小判か十手か、どちらかが役に立つはずだ」

門に向かってすたすたと歩く。

「実はな、そこの和尚……薫庵《くんあん》というんだが、観音様は渡さぬ、というんじゃ」

「ええっ……」

「うむ、もう譲り受けたのだから己のものだと言い張ってな、頑として応じようとせん。そら、三つ葉葵の御紋がついていると、そなた、申していたであろう」

「ああ、はい」

「由緒のない小寺《こでら》にとっては、手に入らぬ貴重な物よ。それを御本尊に据えて、適当な由来を付ければ、格式が上がるというわけじゃ」

「格式って……そんな嘘で箔《はく》をつけてもいいんですか」

二人は山の門を抜け、谷中へと入った。

目の先に続く寺院の塀を見ながら、一炊は苦笑を浮かべる。

「寺の由緒などいい加減なものも多いぞ。ほれ、名家の血筋だとて、どこまでが本当か、疑わしい話もたくさんあろう。じゃが、言い続けておれば、それが世に通ってしまうものよ」

「なるほど。そういえば、名の知れた武将は、源氏や藤原の末裔を名乗ることが多いですよね。半分は嘘だといわれてるみたいですけど」

「そうじゃろう。それと同じようなもんじゃ」

一炊はかかと笑いながら丁字路を曲がる。しばらく行くと、

「ここじゃ」

と、小さな山門を入って行った。

短い参道から逸《そ》れて庫裏へと向かうと、一炊は大きな声を上げた。

「薫庵《くんあん》和尚、おられるか」

間を置いて戸が開くと、一炊とは対照的に肉付きのよい僧侶が現れた。

「また来なすったんですか」

歪めた丸い顔が、うしろに立つ禎次郎を見た。同心姿に、さらに顔を歪める。

「こちらさんは……」

「ああ、南町奉行所から来ている山同心じゃよ」

さて、と一炊は薫庵の手を押しのけて、戸の内側へと入り込む。禎次郎もそれに続いた。

薫庵は迷惑そうに、うしろに下がる。

「いいましたように、あの観音様は渡しませんよ。うちでお祀りすることにしたんですからね」

腕を組む薫庵に、一炊はずいと顔を寄せた。

「では、買おう。一両でどうじゃ」

「まさか」

と、薫庵は首を振る。

「では、二両、出そう」

薫庵の首は止まらない。

「そうか、じゃあ、三両だ。これ以上は出せん」

詰め寄る一炊から身をそらして、薫庵はさらに首を振った。

「ああ、だからもう……しつこいお方だ。譲らないといったら譲りません。あの観音様は御縁があってうちに来たんだ。仏の縁は大切にしなければ罰《ばち》が当たりますぞ」

ほう、と一炊が身体を引く。と、肘で禎次郎の腕をつついた。

禎次郎はうろたえながらも、こくりと頷いた。

さりげなく腰から十手を抜くと、それでとんとんと己の肩を叩く。大仰《おおぎょう》に溜息を吐くと、禎次郎は上を見ながらつぶやいた。

「いやあ、困ったなあ、表沙汰にはしたくなかったんだがなあ」

聞こえよがしの言葉に、薫庵は眉を動かす。

「表沙汰とは、なんです」

はあ、と禎次郎は十手を揺らす。

「その観音像、じつはさる御大家から盗まれた物でしてね、そこのお殿様がすっかり御立腹で、盗人を見つけたら打ち首にせよと、こう仰せなんです」

「う、打ち……」薫庵が手を上下させる。「冗談ではないぞ、盗みなど知らん」

禎次郎はさも残念そうな面持ちで、薫庵に頷く。

「ですが、盗品を持っていれば、疑われてもしようがない。嫌疑をかけられたら言い逃れはできないと思いますよ」

「違う、これは閑門院からもらったんだ。そこの和尚もまたよそからもらったといっていた。盗まれたなどということは知らん」

「ほお、そうですか」禎次郎は十手をついと立てた。「それならば、それを寺社奉行所に伝えましょう」

「じ、寺社……待て……」

薫庵は身を返して、上へと上がった。

「渡す、あんな物は要らん」

が、すぐに踏み出した足を止めた。

「いっておくがな、拙僧のせいではないぞ」

は、と首をかしげる二人を残して、薫庵は奥へと消えた。しばらく待つと、大仰な木の箱を抱えて戻って来た。箱には幾重にも太い紐がまわされ、縛られている。それをずいと差し出すと、薫庵は口を開いた。

「わしがやったのではないぞ。もらったときに、すでにこうなっていたのだ」

受け取った禎次郎は紐を解こうと引っ張る。が、びくともしない。

「いいから持って行け。帰ってくれ。二度と関わらないからな」

薫庵は三和土に下りると、二人を外へと押し出す。

よろけながら出た二人のうしろで、戸がぴしゃりと閉められた。

「なんともまあ……」と、一炊は歩き出す。「とにかく寺へ戻ろう」

禎次郎も箱を抱えて従った。

桃源院の庫裏で、二人は紐を引っ張り合った。

「解けませんね」

何箇所にも縛った箇所があり、いっこうにほどけない。

「よし」

と、禎次郎は小柄《こづか》を抜いて、紐を切った。数箇所を切ると、やっと紐の縛りから解き放たれた。

おそるおそる木箱の蓋を開ける。中に横たわる観音像が現れた。

「あっ」

二人の声が揃った。

観音像の左腕がもげて、腹の上に転がっている。

ああぁ、と禎次郎はうめきのような声を洩らす。一炊はゆっくりと手を差し入れると、観音像を取り出した。

目の前に掲げてまわすと、一炊も「あぁ」と声を洩らす。

「この衣の先も折れておるし、頭のお顔も一つ、削れておる。それに、そら、台座の蓮の花びらも一枚、欠けておるぞ。寺を転々としたから、そのあいだに傷《いた》んだんじゃな」

「うわぁ、どうしましょう」

禎次郎が頭を抱える。こんなようすで返せば、若埼家は激怒するに違いない。穏便にすませるどころか、ことが荒立つのは目に見えている。

「まいったな」

「ふむ、ならば直そう」

え、と目を見開く禎次郎に一炊が頷く。

「わしが直して進ぜよう」

「できるんですか」

「うむ。仏像彫りは得意じゃ、これくらいならなんとか直せよう」

ははぁ、と禎次郎は手を合わせて平身低頭した。

三

「頼もう」

若埼家の門に向かって、禎次郎は声を上げる。

門が開くのを待ちながら、禎次郎は斜めうしろをちらりと見た。北吉家の屋敷が、そこにある。

こういうのも、どこかから見ているのかもしれないな……。そう思っているところに、脇の戸が開いた。

前に来たときと同じ門番が、顔を覚えていたらしく、あっさりと中へと招き入れられた。

「御家老の今井様にお目通りを……」

言い終わる前に、「どうぞ」と案内される。話が通っているらしい。

小さな部屋で待っていると、廊下から足音が伝わって来た。とりあえず、事実を告げよう、と禎次郎は腹に力を込める。

「お待たせ致した」

今井が入って来て、向かい合う。禎次郎が口を開こうとすると、それを遮るように、言葉を放った。

「こたびの件、やはり北吉家の差し金だったようですな」

「え、なぜ、それを……」

驚きを表す禎次郎に、今井は苦笑を浮かべる。

「なに、屋敷には相手の事情をなにかと聞き及んでくる者がおるのでな」

なるほど、と北吉家も同様だったことを思い出す。両家ともに探り合い、互いに情勢を洩らす者がいるのだろう。

「そうなのです。しかし、いいこともあるのです。あの、佐奈姫様にもお伝えいただきたいのですが」

「佐奈姫……ああ、残念であった、今日は下屋敷の奥方様の所に行かれたのだ」

「今日は……」

禎次郎は小首をかしげた。大名の妻や家族は下屋敷で暮らすのが普通だ。

「普段はこちらにおられることが多いんですか」

「うむ、こちらで暮らしておられる。姫様は兄上思いでのう、若君のお身体が弱いのを案じて、ここでお世話をなさっておるのだ。して、いいこととはなんだ」

「はい、盗まれた観音像がみつかったのです」

「なに、それは真《まこと》か」

「はい、十一面観音で、台座に三つ葉葵の御紋がありましたから、間違いないと思います。ただ……」

「ただ、とは……」

「はい、ところどころ、壊れておりまして、今、修復しているところです」

「なんと」今井の太い眉が動く。「どの程度か……松平家由来の仏像を損なうとは、なんたる失態。殿が知られたら、なんと仰せになるか」

引きつる顔を見て、禎次郎は内心で息をつく。松平家という名がどれほど重いのか、貧乏御家人には実感できない。

「実は、左腕がもげておりまして……」

「う、腕がっ」

仰け反る今井に、禎次郎は手を上げる。

「ああ、ですが腕がなくなったわけではないので、つければ大丈夫だそうです。あとは小さな傷なので、仏像造りを得意とする僧侶が、きちんと直してくださいます」

「僧侶が……そうか」

「はい、きれいに直してからお渡ししたほうがいいと思いまして、勝手ながら、頼みました」

「ああ、それでよい。仏像が壊されたなどと知れたら、また家臣どもが騒ぎ立てるのは必定、巻田殿の気遣い、礼をいう」

「いえ……」

と、禎次郎は気になっていたことを口にした。

「こちらの御家臣は皆さん、北吉家を敵視しているんですか」

「ふむ……いや、皆というわけではない。騒動を起こすのは下士らが多いのだ。身分も禄も低い者は、よほどでなければ出世は見込めぬ。死ぬまでの先が見えているようなものだからな、鬱憤《うっぷん》がたまるのであろう。それをことあるごとに北吉家にぶつけているのだと、わたしは思うておる」

「なるほど、都合のいい憂さ晴らしということですね」

「うむ、お家のためという大義名分があるゆえ、歯止めがききにくいのだ」

「それは、確かに難しそうですね……あの、お殿様には和睦の御意向はないのでしょうか」

禎次郎が小首をかしげると、今井は腕組みをして息を吐いた。

「ううむ、それはなかなか……なにしろ、先に仕掛けてきたのは北吉家であるのだから、あちらの謝罪がなければ収めることはできぬ、と仰せなのだ」

「先に……北吉家はなにゆえに」

「うむ、それは……ちと入り組んだことが、昔、あったのだ」

いいにくそうに俯く今井に、禎次郎は口を閉じた。

「して」今井が顔を上げる。「盗みを行ったのは、あちらの家臣ではなく、外の者だと聞いたが、誰かわかったのか」

「はい、浪人です。北吉家の家臣に襲われたので、今、我が家に匿《かくま》っています」

「襲われた、とな」

今井が目を剝く。と、失笑を洩らした。

「そうか、明るみに出ては困るゆえ、な。しかし、なんとも浅はかなことをする」

大きな溜息を吐いた今井は、ふと顔を巡らせて廊下を見た。

「誰か」

はっ、と障子が開く。

「お茶をお持ちいたしました」

「入れ」

若い武士がそろそろと、茶碗を置いて行く。

ぬるい茶を飲み干すと、禎次郎は、では、と礼をした。

「仏像が直りましたら、またお知らせに参ります。佐奈姫様にもよろしくお伝えください」

できれば佐奈姫に、あちらにも和睦を望む人物がいるということを知らせたい、と思う。

うむ、と今井は頷いた。

「このこと、まずは佐奈姫様にお伝えする。殿は佐奈姫様にはお弱いからな、そのほうがよいであろう」

「そうなのですか」

「うむ、上お二人の姫様はもう嫁がれておられるし、もともと末の姫であった佐奈姫様をたいそうかわいがられていてな。姫は聡明であられるから、よい時を見計らって、ことを進めてくださるだろう」

今井はゆっくりと立ち上がる。

「いや、御苦労であった。引き続き頼みますぞ」

「はい」

と、禎次郎は頷いた。

庭に梅の香りが漂う。

若崎家から戻った禎次郎は、西陽の差す庭に出て、素振りをはじめた。

「とうっ」

声を上げていると、離れから平四郎が木刀を手に現れた。

「励んでおるな、どれ」

と、向かい合って構える。

禎次郎も木刀を握り直す。息をつめて、えいっと踏み込むが、平四郎の刀に、あっけなく弾かれた。

はあ、と禎次郎は肩を落とした。

「やはり、まだまだか」

「やはり、とはどういうことか。わかっておろうに」

平四郎の言葉に、禎次郎は苦笑を返す。

「いえ、少し、うぬぼれていたんです。実は先日、ひょんなことから斬り合いの場に飛び入って……腕が上がったと思ってたんですが、刃を合わせたまま身動きがとれず、がっかりしました」

「なんだ。なれば互角ということではないか。そなたにしては上出来であろう」

平四郎の目元が笑うのを見て、禎次郎も頬を弛めた。

「なるほど、そういわれてみればそうか」

「さよう。以前のそなたであったら、二の腕くらい斬られていたかもしれぬ。刃を止めたのなら、腕が上がったということだ」

そうか、と禎次郎は笑う。

「うむ」平四郎は頷く。「まあ、それなりに励んでおるということだ。棒手裏剣のほうは、すっかり上達したではないか」

棒手裏剣を教えてくれたのもこの平四郎だ。教えてくれただけでなく、手持ちの棒手裏剣を譲ってもくれた。

「ええ、一人でも稽古ができるので、棒手裏剣は励みました。このあいだも、走って逃げる浪人の肩をねらったところ、見事に命中して……」

と、あわてて禎次郎は口を押さえた。その棒手裏剣を打った相手が、今は家にいるのだ、と思い出して、屋敷を振り返る。裏口になにか動く影があったように見えたが、しんと静かなままだった。

「いかが致した」

首を伸ばす平四郎に、いえ、と手を振る。

「そうか、では、稽古をつけよう」

平四郎は構え直す。

「そなたはすぐに上段に構えるから、下段の構えも習得したほうがよい。木刀を下ろしてみよ」

はあ、と木刀を握った手を下げる。

「こうでしょうか」

「隙あり」

平四郎の刀が横から入る。

うわっと禎次郎は身をかがめて、それを躱した。が、顔の前で寸止めをされる。

「躱すだけではいかん。隙ありと見せかけて打ち込ませ、その相手の隙を狙って斬り込むのだ」

平四郎が禎次郎の肩をとんと打つ。

「はい」

再び下段に構え直して、禎次郎は息を整える。

「そうだ、弛《ゆる》んだように見せかけて、手と腹に力を集めるのだ」

じりじりと二人は、向き合う。

「とうっ」

「はっ」

声と木刀のぶつかり合う音が、庭に響き渡った。

上野の山道を登りながら、禎次郎は肩をまわした。昨日、平四郎との稽古に熱中したせいで、腕の付け根が重い。

両腕をゆっくりと揺りながら歩いていると、うしろから足音が近づいてくるのに気がついた。

「巻田殿」

北吉利房の家臣、加山喜三郎だ。

「その後、いかがでしょう。なにか……」

口を開いた加山の腕を、禎次郎は引いた。

「ちょうどよかった、こちらに」

人気《ひとけ》のない林のほうへと、歩き出す。

声を落とすと、禎次郎は加山にいった。

「仏像が見つかりました」

「真ですか」

「はい、しかし、利房殿にお伝えいただきたいのですが、観音像は少し、壊れていたのです」

なんと、と加山の顔が引きつる。

「それはまずいことに……」

「ええ、しかし、今、知り合いの和尚様が直してくださっています」

「さようか……それはかたじけなきこと。なれど、傷は残ろうな」

腕を組む加山に、禎次郎も神妙に頷いた。

「元どおり、というわけにはいかないでしょう。ですから、このことは包み隠さずに、若埼家の御家老にお伝えしました」

「御家老に」

と、加山の眉が寄る。

「はい、ですがいましばらく、殿様には話されないとのことです」

禎次郎の言葉に、加山はやや眉を弛める。

「そうか、あちらも明日のことを考慮されたのだな」

「明日、とは」

禎次郎は首をかしげてから、あっと声を上げた。

明日は十七日だ。

「家康《いえやす》公の月命日……」

「さよう」加山が頷く。「両家の殿が東照宮《とうしょうぐう》に参拝に参る。その時が、しばしば重なるのです」
加山が深い溜息を吐いた。

# 四

朝の四つ刻（十時）前から、山の麓にはぞくぞくと大名の駕籠が集まって来た。黒門前の袴腰《はかまごし》と呼ばれる広場で駕籠を下り、参道を歩き出す。参道を上がれば、左側に徳川家康を祀った東照宮があるのだ。

祥月命日の四月十七日には、将軍の御成《おなり》もあるが、月命日には老中が代参する。が、大名のなかには、月命日に参拝する者も多い。町人にとっては、さして関心のない東照宮だが、武家にとっては、将軍家への忠誠を示す重要な参拝所となっている。

禎次郎は参道を行き来しながら、行き交う行列を見守った。東照宮を参拝して、根本中堂などに寄る行列もある。山内に子院を持つ大名家は、そこで着替えをしたり、休んだりもする。

午前中は、そうした参拝客で、山は賑わいつづけた。若埼家と北吉家はまだ姿を見せない。昨日、加山がいっていた言葉を禎次郎は反芻した。

「昼前は大大名の御参拝が多いので、一万石の家などは遠慮するのです。ですから参拝は、両家とも昼を過ぎての未《み》の刻（二時）頃になるのです」

なるほどな、と禎次郎は仰々《ぎょうぎょう》しい大家の行列を見ながら納得する。遠慮もあるだろうが、格の違いに引け目を感じることも、避けたくなるわけの一つだろう。

頭上で、昼九つ（十二時）の鐘が鳴り響く。集まって来た配下の雪蔵らに、禎次郎は岡の上を顎で示した。

「今日は桜茶屋の稲荷寿司でいいかい」

「ええ、いいですとも」

皆で山道を登る。と、正面から下りてくる僧侶に、禎次郎はあっと声を上げた。立派な袈裟をまとった流雲《りゅううん》和尚だ。普段は簡素な墨染めの衣姿であるために、雪蔵達も「へえ」と目を瞠《みは》る。身体が大きいために、なおさらに見栄えがするのだ。

「これはまた立派な……見違えるところでした」

禎次郎の言葉に、流雲は口を開けてははは と笑う。

「そうだろう。実は今年、階位が上がってな、袈裟もちょっと立派になったというわけよ」

「へえ、そいつはおめでとうございます」

雪蔵らが口を揃えると、流雲は照れたようにさらに笑いを放った。

「なあに、今日は神君家康公の月命日だからな、特別だ。それになにをまとっても、中身は変わらん」

手を振って、にない堂へと入って行く。

「中身は同じか、そりゃそうだ」

勘介は肩をすくめると、さて、と走り出す。岩吉もあわててそれに続いた。先に茶屋に着こうと競い合うのは、いつものことだ。二人の姿はすぐに坂の上に消えて行った。

禎次郎と雪蔵は、ゆっくりと茶屋に着く。先に着いた二人は頬を弛めて、盆を手に忙しそうにしているお花を見つめていた。

「どうなるのかねえ、あの二人は」

禎次郎のつぶやきに、雪蔵は肩をすくめる。

「いやぁ、今のまんまが一番でしょう」

「そうだな。お花ちゃんがどっちかを選んだら、袖にされたほうは仕事を辞めると言い出しそうだしな」

「ええ、とても祝う気になんぞなれないでしょう」

お花がこちらに気がつく。

「まあ、旦那、奥へどうぞ」

「おう、邪魔するよ。稲荷寿司はあるかい」

奥の板間に腰をかけると、勘介と岩吉もやって来た。

お花はさっそく茶と稲荷寿司を持って来る。

「今日は早くに売れ切れて、さっき、追加を持って来てもらったんですよ」

箱詰めにして売り歩く稲荷寿司屋が、山にもよく顔を出す。

禎次郎は稲荷寿司を丸ごと口に入れた。甘辛い汁が、口中に広がる。

「うん、うまい」

眼を細めて、それぞれも頷く。

「旦那、団子もいいですかい」

勘介の問いかけに「ああ」と頷くと、岩吉がくるりと顔を巡らせた。

「お花ちゃん」

「あ、このやろう、おいらが呼ぼうと思ってたのに」

勘介が腰を浮かせて、声を張り上げる。

「お花ちゃーん」

はーい、という返事に、二人が手を振る。

禎次郎は茶を吹き出しそうになりながら、二人を見た。名を呼ぶことさえ楽しいのだろう。今のまんまが一番か、本当だな……。禎次郎はもう一つ、稲荷寿司を口に入れた。

禎次郎は時の鐘を見上げて、坂を下りはじめた。鐘撞きの人影は見えない。が、八つ刻（午後二時）はもうそろそろのはずだ。

参道には雪蔵や勘介らがゆっくりと見廻っている姿もある。八つ刻あたりは参道を離れないようにと、禎次郎がいったのを守っているのだ。

「なんでですかい」

尋ねた勘介に、禎次郎はこう答えておいた。

「例の御両家がお参りに来るかもしれないからな」

「はぁ、なるほど」

と、三人は頷いた。

禎次郎は坂を下りきって、黒門に立った。大名の行列も、その前で駕籠から下りるのが通例だ。ここで待っていれば、どちらが先に来ても、対応できると考えてのことだった。

「え、これは……」

禎次郎は思わず、黒門から外に出た。

広小路から、二つの行列がやって来る。

並んだ行列はどちらも小走りのような速さで、抜きつ抜かれつの様相を呈している。

細い忍川《しのぶがわ》に架かる三本の橋に、行列は向かって来る。中央の広い橋は将軍御成《おなり》のためのもので、参拝客は両脇の細い橋を渡るのが通例だ。行列はそれぞれ両脇の橋を渡りはじめた。どちらも相手を意識して、速い。が、一方が抜いた。

さきに渡りきった行列が、袴腰で駕籠を下ろす。

中から現れたのは若埼家の殿様清道だ。うしろの駕籠から佐奈姫も下りてきた。

行列はすぐに整い、歩き出した。

反対側に止まった駕籠からも人が下りる。殿様が現れ、うしろの駕籠からはひと目で若殿様とわかる若者が、飛び出すように出て来た。行列の先頭には、歩いて来たらしい利房が息を整えている姿があった。

「北吉家か」

禎次郎はつぶやいて、両家を交互を見る。

すでに黒門をくぐった若埼家に続いて、北吉家も行列を進める。

広い参道で横に並ぶと、両家はともに駆けるような早足になった。

なんともまあ……。口を開けて、禎次郎はその横について同様に早足で歩きながら、行列を窺った。

若埼清道とは顔を合わせたので、知っている。その向こうを歩くのは北吉利衛門《りえもん》に違いない。一歩うしろに付いているのが、若殿様の利光《としみつ》だろう。二人とも、眉間にしわを刻み、険しい面立ちで横を歩く若埼家を見ながら、坂を上がっている。そのうしろに続く利房は、禎次郎の視線に気がついて、目で小さく頷いた。

禎次郎はすぐ横を行く若埼家に目を移した。清道もやはり口を曲げて、憮然とした面持ちで歩いている。ちらりと北吉家を見ると、腕を振って足を速めた。うしろに付く佐奈姫は、遅れまいと懸命な足取りだ。兄の若君や家老の姿は見えない。うしろから、家臣の佐々木が首を伸ばして、行列を見渡している。

「無礼者」

そのうしろのほうから、声が上がった。

禎次郎が走って行く。

列の後方で、若埼家の家臣と北吉家の家臣が睨み合っていた。

「江戸の礼儀を知らぬのか、田舎侍が」

若埼家側が声を荒らげれば、北吉家側も怒鳴り返す。

「なにおう、田舎者はそちらであろう。我は江戸生まれであるぞ」

手が、刀の鞘にかかる。

「ああ、お山での諍いは御法度です」

禎次郎があいだに割って入る。

「なれど」若埼家の家臣が相手を指さす。「こやつがぶつかってきたのだ」

「なにを申すか。そちらがよろけてきたのではないか。わざとであろう」

互いに足を踏み出す。

「まあまあ、お収めください」

禎次郎は押し返すように、両手を双方に向けた。

「このような参道でお急ぎになれば、ぶつかるのも必定《ひつじょう》。どうか、ごゆるりとお進みください」

その手を払うように、若埼家の侍がさらに半歩踏み出す。

「そちらが譲るのが礼儀であろう、わが藩が先に門をくぐったのだ」

「なにをっ、先に屋敷の門を出たのはこちら。それを見て、そちらはあわてて追って来たのではないか」

どうやら、屋敷の門前から競い合ってきたらしい。禎次郎はあきれながらも、「まあまあ」と手で制した。そうしながら、行列を目で追う。争う二人を置いて、両家の行列はすでに坂を上り終えていた。

「さあ、遅れてはまずいのではないですか」

禎次郎は二人を促して、坂を上る。

東照宮の前に行列は着いたようで、石造りの鳥居の前に、人々が集まっているのが見える。

鳥居から先が参道だ。その先には朱塗りの門があり、さらにそのずっと奥に、徳川家康を祀る拝殿がある。しかし、一万石ほどの大名では、手前の門をくぐることもできない。門の前で手を合わせるのが、精一杯の参拝だ。

「無礼であろう」

人混みの中から声が上がった。

禎次郎があわてて駆け出す。

鳥居の下で、両家が睨み合っていた。

鳥居から先の参道は狭い。どちらも先に進もうとして、睨み合いになったのであろう。声を上げたのは北吉利衛門らしかった。

「無礼はどちらか」

若埼清道が言い返す。うしろに続く家臣らも互いに睨み合い、歯ぎしりの音さえ聞こえそうだ。

「父上、どうかお気持ちをお鎮《しず》めください」

佐奈姫が狼狽を顕わに、父の腕に手を添える。

ふん、と北吉家の若殿様が顎を上げて、父の横に並ぶ。

「父上、引いてはなりません。屋敷を出たは我が藩が先。譲る必要はありませぬ」

「うむ、そのとおりである」

頷く利衛門を、清道は睨む。

「お山に到着したのはこちらが先。利がどちらにはあるかは明白であろう。それとも、そのような理《ことわり》も、お教えになっておらぬのか」

「なにっ」

利衛門が眉を吊り上げる。

「父上、どうか冷静に……」

次男の利房が前に進み出た。

まいったな……。胸中でつぶやいて、禎次郎は双方を見た。二人の殿様は、顔を赤くしている。どちらも引きそうにない。

「あのう」

禎次郎が清道の前に進み出た。

「先に根本中堂をお参りされてはいかがでしょうか。実は、わたしの知り合いの僧侶が、奥方様の御供養にお経を読んでくださると仰せなのです」

「なに……」

顔を向けた清道に禎次郎が頷く。

「今月が祥月命日とお聞きしたので、お願いしてみたのです」

「まあ」佐奈姫が前に出る。「それはよきこと。父上、そう致しましょう」

佐奈姫が父の袖を引くと、清道は寄せていた眉を解いた。

「ふうむ、確かにありがたきこと」

「では」

と、禎次郎は根本中堂を指で示す。

「参りましょう。和尚様もすぐにおいでになりますから」

「はい、さ、父上」

佐奈姫は父の背に手を添えて、押す。

向きを変えた行列は、鳥居の前を離れた。

ちらりと振り返ると、利房がこちらに目礼をした。利衛門と利光は、胸を張って参道を進み出す。

禎次郎は顔を巡らして、勘介を探す。勘介はずっと見守っていたらしく、すぐに走り寄って来た。

「なんでしょう」

「話は聞こえたな。流雲和尚を呼んできてくれ。あの袈裟姿がいい」

「へい、合点です」

勘介が走り出す。

禎次郎は行列の先頭に追いつく。

佐奈姫に目配せをすると、ごゆるりと、と口を動かした。佐奈姫は頷いて足を止め、父に向かって頭上を指さした。

「父上、御覧ください。桜の蕾《つぼみ》があのようにふくらんでおります」

ほう、と清道が足を止めて見上げる。枝に並ぶ丸みを帯びた蕾を目で数え、清道は口元を弛めた。

「うむ、春の用意を整えておるのだな」

「はい、来月には開きはじめるやもしれません。父上、母上の御供養は三月のお彼岸にしてはいかがでしょう。母上は花がお好きでしたから、春の頃ならお喜びになられましょう」

「なるほど……」

「ええ、母上は辛夷《こぶし》の花もお好きでしたし……」

話を続ける佐奈姫に、禎次郎はうまい、とつぶやいた。と、同時に根本中堂に向かって走り出す。

流雲の袖を引いた勘介が、こちらに向かってやって来る。

禎次郎が駆け寄ると、流雲は袈裟を整えながらにっと笑った。

「話は聞いたぞ」

「はい、すみません、ですが、なんとかお願いします」

腰を曲げる禎次郎に、流雲は胸を張る。

「ああ、いいとも。あの両家の仲違《たが》いのことは、わしも洩れ聞いておる。いやいや、けんかはならぬ、仲良くせい、とお釈迦様も説いておられるからな、わしにできることなら力を貸すぞ」

ははは、と笑って歩き出す。

堂の前で、やって来た若埼家の行列とかち合った。流雲の立派な身体に、清道は目を瞠る。

「これは、ありがたきこと」

頭を下げる清道に、流雲は鷹揚に頷く。

「では、参りましょう」

先に立った流雲のあとを、清道一行は厳《おごそ》かに付いて行く。

堂内に入ったのを見届けると、禎次郎は「はあぁ」と息をついて、腰と膝を曲げた。

「いやぁ、どうなることかと思いやしたねえ」

勘介もその横にしゃがみ込んで、笑った。

五

畳の上に寝転んで、禎次郎は障子から差し込んでくる日射しを浴びていた。このところ続いた忙しさのせいか、疲れを感じて朝からごろごろとしている。中食をとったあとは、さらにだるくなって起きる気がしない。昨日、山で起きた若埼家と北吉家との緊張も、疲れの一因だと腹の底で感じていた。

寝転んだまま、禎次郎はふと障子へと目を向けた。外を人影がよぎったのだ。庭を歩いているらしい。

誰だ、と細く障子を開けて覗き見る。庭に立っているのは、宮地豊之助の母芳野だった。白と赤の混じった椿の花を見上げている。

「あら、芳野さん」

そこに滝乃の姿も加わった。まあ、これは、とお辞儀をする芳野の横に、滝乃は並んで立つと、同じように椿を見上げた。

「この椿は日陰なので、遅くまで咲くんですよ」

「きれいですこと」

芳野は微笑んで頷く。

へえ、と禎次郎は覗きながら滝乃の背中を見る。母上も花を見ていたのか、と意外な思いが湧いていた。

「あのう」

芳野が思い切ったように、滝乃に身体を向けた。

「この椿を一枝、いただくわけには参りませんでしょうか。部屋に飾ったなら、一日中見ることができますし、どれほど気持ちが慰められますことか」

まあ、と滝乃が身を反らす。

うわ、怒らないでくれよ、と禎次郎ははらはらしながら息を呑んだ。

滝乃はにっこりと微笑む。

「ようございますとも。一枝といわず、好きなだけお持ちなさいませ。そうだ……」

え、と驚く芳野に背を向けて、滝乃は家の中へ戻って行く。すぐに戻って来たその手には、花切りばさみがあった。

「さ、これでお好きな枝をお切りください」

「まあ、よいのですか」

鋏を受け取りながら、芳野が満面の笑みになる。

「かまいません。花も一日中愛《め》でてもらったほうが喜びますとも。さ、この蕾などどうです」

ぐいと枝を引っ張る滝乃に、芳野はあわてる。

「あ、あの、大丈夫ですから、引っ張ってはお花が……」

滝乃はかまわずに微笑む。

「そうそう、花入れも要《い》りますね。竹筒の花差しがありましたら、あとでお持ちしましょう」

「まあ、恐れ入ります」

そんなやりとりに禎次郎はほっと安堵して、障子を閉めた。

ああ、と腕を伸ばして力を抜く。と、瞼が自然と閉じた。ゆらゆらと揺られているような、心持ちだった。

「旦那様」

遠くから声が聞こえる。

「旦那様、起きてくださいな」

声が間近になった。

はっと目を開けると、上に五月の顔が浮いていた。

「ああ、なんだ」

あわてて起きる禎次郎の横に、五月が座る。

「今、若埼家のお使いの方が見えました。お酒をお持ちくださったのです」

「酒、とな」

禎次郎は立ち上がる。

　そうか、昨日の礼ということか……。そう思いを巡らせながら、いそいそと戸口に行く。と、そこには栄之助が立って、丸い木の酒樽を見下ろしていた。

「おお、婿殿、見ろ、五升はあるぞ」

　へえ、としゃがんで木の栓を抜く。たちまちに甘い香りが広がって、舅と息子はにやりと顔を見合わせた。

「これは下《くだ》り物ですね」

「うむうむ、いい匂いだ。灘《なだ》か伏見《ふしみ》かもしれんな」

　禎次郎がほくそ笑んで、手でくいと飲む仕草をした。

「やりましょう」

　その背後で声が立つ。

「なりませぬ」

　滝乃が腰に手を当てて立っていた。

「まだ、日も暮れぬというのに。それに昨晩も飲んだではありませんか。またの日になさいませ」

　二人の肩が落ちる。

　禎次郎は手にしていた栓を、そっと鼻に当てた。

「まあ、未練たらしい」

滝乃の言葉に、禎次郎はしおしおと栓を戻した。


翌日。

いつものように山を廻り、禎次郎は空を見上げる。

北風も弱まり、雲の形も春らしく変わってきている。その雲も、西は鮮やかな朱色に染まりはじめていた。

暮れ六つも近い。山に来ていた人々も皆、参道を下って黒門に向かって行く。その流れで歩く禎次郎が、ふと目を一点に留めた。坂の下から上がってくる姿がある。北吉利房だった。

禎次郎の前まで来ると、利房は姿勢を正して頭を下げた。

「一昨日は助かりました。礼を申します」

若埼家を根本中堂へと向かわせたことで、北吉家は東照宮を気持ちよく参拝できたはずだ。

「ああ、いえ。大したことでは……」

丁寧な挨拶に恐縮する禎次郎を、利房は生真面目に見つめる。

「礼をかねて馳走をしたいのだが、このあと、都合はおつきか」

「は、いや、そのようなお心遣いは……」

「いや、実は話しておきたいこともあるのだ。来るときに見たのだが、この辺りは料理茶屋も多いゆえ、どこかで、いかがであろう」

「はあ、そうですか、それでは」

禎次郎の頷きに、利房は頬を弛めた。

暮れ六つの鐘が鳴り響く。

禎次郎は不忍池《しのばずのいけ》の畔にある料理茶屋に、利房を案内した。入ったことはないが、料理がおいしいと評判の店だ。

二階の部屋には、周囲の茶屋から歌や音曲が聞こえてくる。が、それには気を留めずに、二人は膳に向かい合った。

卵焼きや蕪蒸《かぶらむ》し、芋と蛸《たこ》の汁など、湯気によい香りを載せた料理が、美しく並んだ。

禎次郎はさっそく蛸を口に運んで、味わう。

利房は盃を口に運びながら、ちらりと口を動かす禎次郎を見る。

「我が父上と若埼家の殿様との諍い、見たであろう」

「ええ、まあ……」

禎次郎は蛸をゆっくりと飲み込みながら、ついでに言葉を探していた。

「なかなかに、真剣味のある対峙《たいじ》でしたね」

どういえばいいのか、なかば笑ってごまかすしかない。ごまかしついでに禎次郎は卵焼きを口に入れた。うまい、と思うが、神妙な顔を崩すわけにはいかない。

利房は溜息を吐いた。

「父上と若埼家の殿は、若い頃は特段、仲が悪くはなかったそうだ」

「へえ、そうなんですか」

うむ、と利房が眉を寄せる。

「実はな、きっかけは婚儀の話だったらしい。父にある日、松平家の姫をもらわぬかと話が来たそうだ」

「松平家……確か、若埼家の奥方様もそうでしたよね」

「ふむ、それよ」

利房が首を振る。

「若埼家の奥方様、喜代江《きよえ》様が、その話の姫君であったのだ」

は、と首をかしげる禎次郎に、利房はさらに大きく首を振った。

「要するに、だ。松平喜代江様を妻にどうか、と最初に話が来たのは、我が父のところだったのだ」

へ、え、と禎次郎は口と目を開く。

「それがなにゆえに、若埼家の奥方様に……」

「わからぬ」利房の眉が寄る。「だが、父上はそれを若埼家の横槍によるものと考えているのだ」

「横槍……若埼家のお殿様が横からさらっていってしまった、ということですか」

「うむ、父上はそう申しているのだ。しかし、真偽のほどはわかっておらぬ。話を持って来たのはさる旗本だったのだが、そのお人も急に、あの話はなかったことにといって、逃げ出したそうだ」

「へえ、それはなんとも、量りかねますね」

「ああ、だが、それで北吉家は大騒動になったらしい。徳川家の親戚である松平家の姫をもらえれば大いなる名誉。まあ、大大名の家では、徳川家縁《ゆかり》の姫をもらうことに困惑する向きもあるらしいがな」

禎次郎も聞いた話を思い出す。徳川家や松平家の姫君を迎えるとなると、支度や屋敷の普請などで多額の出費が必要となる。その負担ゆえに、婚儀を喜ぶ表向きの陰で、困惑する家も少なくないらしい。しかし、と禎次郎は利房を見た。その意を汲《く》んだように、利房は苦笑する。

「我が家のような一万石ほどの大名にしてみれば、めったにない誉れだ。父上は大層喜ばれたらしい」

そうだろうな、と禎次郎も納得する。血筋にこだわる武家にとっては、由緒ある血が入ることは、出世と同じだ。格も上がるし、箔も付く。

「それは、察せられますね」

「そうであろう」

頷き合って、利房はくいと酒を流し込んだ。

「されどまあ、話が流れたまでは、まだよかったのだ。縁談話など、整わぬこともままあるゆえな」

「ええ、破談というのもよく聞く話ですよね」

「うむ。だが、そのあとがいけなかった。喜代江様が若埼家に嫁ぐ、という話が伝ってきたのだ。それを聞き及んで、北吉家はまた大騒動になったそうだ」

ううむ、と禎次郎も眉を寄せる。

「それはさぞかし、御立腹なさったでしょうね」

「さよう。格式が違うのであればあきらめもつこうが、同じ一万石。新しくできた分家で由緒のなさも同じ。それでなぜ、こちらではなくあちらなのか、と屋敷中が怒りにたぎったそうだ」

「はあ、それは宜《むべ》なるかな……」

腕を組んで、禎次郎も溜息を吐く。

窓からは陽気な歌声が流れてきて、二人の沈黙のあいだを流れていく。

互いに、手酌で酒をあおった。

「しかし」禎次郎は首を曲げる。「若埼家のお殿様はどのようにして、姫君をおもらいになったんでしょう」

「うむ、それはわからんのだ。なにしろ、それを機に両家は断絶。以前は多少のつきあいもあったらしいが、父上はいっさいの関わりを絶ってしまわれたのだ。なので、若埼家のことのしだいも知ることはないまま、今に至っている次第なのだ」

ふうむ、と禎次郎は記憶を探っていた。

若埼家の殿様清道は、先に仕掛けてきたのは北吉家だといっているという。姫をとられたと思っているのであれば、確かに、北吉家の側から嫌がらせがあっても不思議ではない。しかし、嫌がらせを受ければ、若埼家も背を向けることになるだろう。この次第を告げるとも思えない。

「困りましたね」

「ああ、困っておる」

利房が顔を歪める。

「まあ、しかし、過ぎたことは変えようがない。この先を変える手立てを考えたいのだ。が、そのためにこれまでのいきさつを踏まえておく必要があると思うてな、巻田殿には話しておこうと考えたのだ」

「は……」

目を瞬かせる禎次郎に、利房は背筋を伸ばす。

「一昨日の山での差配は、とっさの機転とお見受けしたのだが」

「ああ、はい。あのときは、離れていただくのが最良と思いまして」

うむ、と利房に微かな笑みが浮かぶ。

「巻田殿は頼りになると感じておる。こうして関わってもらったのもなにかの縁。両家の和睦のために、最後まで力を貸してもらいたい」

頭を下げる利房に、禎次郎もあわてて背筋を伸ばした。

ごくりと唾を呑み込んで、腹に力をこめる。

こういうのを腹を括《くく》るというんだな……。そう考えながら、禎次郎の口から声が漏れ出た。

「はい、わかりました。力が及ぶとも思えませんが、できることがあれば、この先もやってみようと思っています」

「かたじけない」

利房がやっと弛んだ笑みを見せた。

# 第四章　争奪戦

## 一

禎次郎は山の奥を行きつ戻りつしていた。

その奥は徳川家の廟所《びょうしょ》であり、おいそれと人が入り込めないように、長い塀が取り囲んでいる。

禎次郎は塀の前に立って、根本中堂の方角を見る。参道を通ってやって来る人がいれば、見える場所だ。

今日は二十日だ。

八代将軍徳川吉宗公《よしむねこう》の月命日だ。家康公の月命日に比べれば数は少ないが、それでも朝から昼過ぎまで、人々の参拝があった。

それも黄昏《たそがれ》の今時分には、もういない。この頃に来るのは、ただ一人だ。

禎次郎は首を伸ばす。と、あっと、声を上げた。

待っていた人の影が現れたのだ。田沼意次《たぬまおきつぐ》が、しっかりとした足取りで向かって来るのが見えた。

禎次郎は脇の林に身を寄せる。

田沼は敬愛する吉宗の月命日には、廟所の前で手を合わせるのを常としている。今日も、供らをうしろに控えさせ、田沼は塀の奥の廟所に向かって瞑目《めいもく》をした。

山同心になったばかりの頃、田沼と知らずに声をかけたことを思い出すと、禎次郎は、背中がひやりとする。が、気さくな田沼はそれ以来、禎次郎を気にかけてくれるようになった。

昨年の八月には側用人《そばようにん》から老中格へと出世を果たしたが、その気さくさは変わらない。

参拝を終えた田沼は、くるりと首をまわして禎次郎を見た。目配りの細やかな田沼は最初から気づいていたのに違いない。

目顔で頷くのを見て、禎次郎はほっとして寄って行くと頭を下げた。

「お変わりなく御息災のようで」

「うむ、禎次郎が待っておるとは、珍しいな」

はい、と頷くその顔がいかにももの問いたげなのを見て、田沼は顎で北を示した。

そちらには大名家の建てた多くの子院が並んでいる。

「寒いからあちらに行こう。好きに使ってよいといわれている子院があるのだ」

へえ、と並んで歩き出す禎次郎に田沼は苦笑いを見せる。

「老中格となってからは、ますますまわりからの親切が増えてな、なににつけても不自由をせんようになった」

「はあ、わかりやすいものですね」

禎次郎の気の抜けた言葉に、ははと田沼は笑う。

「まったくのう、不自由をしているときには誰もかまってはくれないが、不自由がなくなると皆が親切になる。世の中というものは、皮肉なものよ」

田沼は凝った造りの子院に入って行く。僧侶はあわてて、禎次郎ともども、奥へと案内した。

静かな部屋に、二人は向かい合った。

「して、なにかあったか」

田沼の問いに、禎次郎は頭を掻いた。

「いえ、実は少し、お訊ねしたいことがありまして、図々しくも……」

「ふむ、かまわぬ、いうてみよ」

はい、と禎次郎は顔を上げた。

「松平家のお姫様を妻にするというのは、それほど大変なことなのでしょうか」

は、と田沼は意表を突かれた表情になる。が、すぐにそれを弛めた。

「なんのことかと思えば……そうさな、確かに大変といえば大変。迎えるに当たって多額の財が要りようになるし、あとあとも粗相《そそう》はできぬしな。だが、ひと口に松平家といっても、上から下まで格や石高《こくだか》はいろいろだ。同じ徳川の血筋とても、ずいぶんと格が違うものだしな。なにが知りたいのだ」

「はあ、実は……」

禎次郎は両家の名前を伏せたまま、一件を大雑把《おおざっぱ》に話す。

ふうむ、と田沼は口を曲げた。

「格下の大名家に姫をくれたか。そうなると……松平家といっても、徳川の血筋だけではない、功労に報いるために、家康公が松平の姓を与えた家もあるからのう。その姫はどこの松平家なのだ」

「さあ、そこまでは聞いておりません」

「ふむ、ならば、それほどの家ではあるまい。大名家というのは側室に産ませた姫も多いゆえ、嫁入りさせるのも、とりあえずどこかに片付けようというくらいに大まかであったりするものだ。ことの成り行きを聞くと、おそらくそのようないきさつであろう」

「なるほど、では、姫がお輿入れのさいに持参した仏像というのはどうでしょう。それほど、大事な物なのでしょうか。三つ葉葵の御紋が入っているんですが」

「仏像、か。まあ、信心深い者にとっては大事であろうが、物自体はどうか。御紋などは嫁入り道具や雛人形にも入れるほどであるしな。そもそも、お家にとって貴重な物であるのなら、格下の家に嫁ぐ姫には、持たせないであろう」

「なるほど。あの、では……」

身を乗り出す禎次郎を、田沼はおもしろそうに見る。

「なんだ、まだあるのか」

「はい、すみません。あの、一度、持ち上がった縁談が反故《ほご》にされるというのは、いかがなものなのでしょう。その姫は、結局、他家へ嫁いだのです。我々のような下々《しもじも》の者にはよくある話なんですが、大名家でもそういうことはあるんでしょうか」

「ああ、そういう話か。別に珍しいことではないぞ。縁談が持ち上がったものの、よくよく調べてみれば側室がすでにお子を何人も産んでいた、などということがわかり、破談にされることもある。許嫁《いいなずけ》となったものの、のちに両家が諍いとなって破談に至ることもある。そういえば、金持ちと思ったのに、借財だらけとわかって破談になった、という家もあったな」

「へえ、上でもよくあることなんですね」

「ああ、あるある。むしろ、欲得が絡んでいるゆえに、町方よりも多いであろうよ」

田沼は笑う。

禎次郎は改めてその気さくな笑顔を見た。田沼意次は元は小身の士族であるから、上から下までの事情によく通じている。そして、人を見る眼差しは冷徹ではあるが、あたたかい。

「そうですか……いえ、よくわかりました。このようなこと、田沼様にお訊きするようなことではないとわかりつつ……すみません」

「ああ、よいよい。こういうことでも世の流れがわかる。人から見れば小さなことも、当人らにとっては、一大事であるのだろう」

「はあ、小さいことですか」

ああ、まあ、と田沼は苦笑する。

「わたしはな、今、蝦夷《えぞ》の開拓を考えておるのだ。それと、近いところでは房州《ぼうしゅう》の印旛沼《いんばぬま》もな。土地を拓《ひら》いて田畑と成せば、飢饉《ききん》で飢える者の数も減る。わたしは飢えることのない世を作りたいのだ」

へえ、と禎次郎は目を見開いた。房州にも行ったことはないし、蝦夷など地の果てという話しか知らない。確かに大きい……。目を輝かせる田沼を見て、禎次郎はほうと息を呑む。

と、そこに足音が響き入った。

「殿」

障子の向こうからの声が田沼を呼ぶ。

禎次郎は手をついて、改めて礼を述べた。

さて、どうしたものか……。禎次郎は朝から考えあぐねていた。非番であるから、ゆとりはある。が、ゆとりがあるとなかなか決まらない。

佐奈姫と話がしたい、と思う。あの盗みが北吉家の意趣返しと知って、動揺したのではないか。それに、聞きたいこともある。だが、屋敷を訪ねるのは、憚《はばか》られた。山での取りなしを恩着せがましく受け取られ、報酬目当てと思われるのは避けたい。

つらつらと考えていると、戸口のほうが騒がしくなった。

すぐにぱたぱたと足音がやって来て、障子が開く。

「旦那様、姫君がお越しですよ」

「え……あの、若埼家のかい」

「はい。今、母上が客間に御案内しています。ああ、おまえ様、その着物では……すぐにお着替えになってください」

ああ、とあわてて見栄えのする着物に替えて、禎次郎は客間へと向かった。

床の間を背に、佐奈姫と佐々木一乃進が座っていた。

「これは、どうも……」

畳に手をつく禎次郎に、姫も小さく頭を下げる。

「先日は、かたじけのうございました。巻田殿のおかげでことなきをえて、胸を撫で下ろしました。今し方、寛永寺にも行き、流雲和尚様に改めてお布施《ふせ》をお渡しして参ったところです。で、巻田殿を探しましたら、今日は非番と聞きまして、こうしてお訪ねした次第です」

「ああ、それはわざわざ、恐れ入ります」礼を返して、顔を上げる。「いえ、わたしもちょうどお話ししたいことがありましたので、実にありがたいことで……」

「まあ、なんでしょう」

姫は穏やかに小首をかしげる。

「先日、御家老の今井様にお伝えしたんですが、北吉家と浪人の一件は、お聞きになりましたか」

そういってから、はっと禎次郎は口を押さえた。しまった、その浪人の豊之助は、今、この家にいるのだ……。あわてて顔を巡らせる。が、人の気配はない。

「はい」佐奈姫が頷く。「わたくしの推量……いえ、期待が外れておりましたことに少し、気落ちいたしました。されど、起きてしまったことは致しかたのないこと。それを踏まえて、この先を考えております」

ほう、と禎次郎は、似たようなことを利房がいっていたのを思い出す。同時に利房の語った話が耳に甦ってきた。姫は知っているのかどうか……ためらいつつも、それを口にした。

「それと実は……北吉家と姫様のお母上の御縁を聞いたのですが」

「ああ、はい」

姫が穏やかに頷くのを見て、禎次郎はほっと胸を撫で下ろす。

「御存じでしたか」

「ええ、昔、乳母《うば》に聞きました。乳母は菊《きく》と申しまして、母上の御実家からついて来た奥女中だったのです。しばらくしてから宿下がりをして他家に嫁いだそうです。ところが、わたくしをお産みになられたあとに母上がお身体を悪くなさって、菊を呼んで乳母にしてくれたのです」

「へえ、そういうことが」

身を乗り出す禎次郎同様、佐々木も傍らから、姫の横顔を窺っている。佐々木も初めて聞く話らしい。

「はい」姫が頷く。「菊はよけいなことは申しませんでしたが、ある日、なにかの折にその話になったのです。実は母上には北吉家との縁談があったものの、若埼家に嫁ぐことになった、と。なれど母上は両家の屋敷がこれほど近いとは知らず、嫁いできてから驚いたということでした」

「なるほど……」

禎次郎は腕を組む。

姫はそっと茶碗を手に取り、口に運んでいる。

「あのう」禎次郎も茶を含みながら、上目で姫を見る。「お母上がなにゆえに、若埼様に嫁がれることになられたのか、姫様は御存じですか」

「いいえ」姫は茶碗を置いて首を振る。「わたくしもずっと気にかかっておりましたので、二年前に父上に訊ねたのです。されど、父上もわからぬ、と申されて……お役でお世話になっているお旗本に勧められお受けしただけ、とのことでした」

ほう、と禎次郎と佐々木のつぶやきが重なる。

姫は小さく息を吐く。

「やはり、そのことが両家にわだかまりを生んだのでしょうか」

「はあ、おそらくは……」

言葉を濁しながらも禎次郎が頷く。

そこに佐々木が言葉を挟んだ。

「巻田殿、あの観音像の修復はいかがなことになっておりましょうか。あの像が無事に戻れば、とりあえずこたびのことは収まるかと思うのですが」

「あ、はい。まだ、和尚様の所にありまして、明日にでも、ようすを見て参ります」

「お願い致します。実は……」

佐々木が姫を気遣いながらいう。

「短気な一部の家臣が、その浪人を捕まえて評定所《ひょうじょうしょ》に引き出そうとしているらしいのです」

「評定所に、ですか」

「はい、さすれば、盗みの一件が北吉家の所業であることをあきらかにできる、と逸《はや》る者がおりまして」

　まあ、と姫が眉をひそめる。

「そのようなことになれば、ことが荒立ちます」

「ええ」禎次郎の眉も寄る。「両家ともに、ますます敵対心が高まるだけでしょう」

「まったくです……御家老もそれを懸念されており、巻田殿にそうならぬようくれぐれも頼む、と伝えるようにいわれてきたのです」

　佐々木は神妙な顔で禎次郎を見る。

　家老の今井には、浪人の豊之助をこの家で匿っていることを伝えてある。おそらく、佐々木もそれを聞いたのだろう。

「承知致しました」

　禎次郎は頷く。やはり、豊之助母子を匿ったのは正しかった……。その思いで腹にぐっと力がこもった。

山をひと廻りして、禎次郎は谷中へ続く門に向かった。仏像は直ったかどうか。それを確かめるために、桃源院の一炊和尚を訪ねなければならない。

# 二

「和尚様、おられますか」

庫裏《くり》で大声を出すと、横の窓がすぐに開いた。

「禎次郎か、ちょうどよいところに来た。入って参れ」

勝手知ったる庫裏に上がり込むと、禎次郎は窓の開いた部屋へと入って行った。作務衣《さむえ》姿で胡座をかいた一炊が、手にした観音像を掲げる。

「今、そなたを呼びに行こうと思っていたところじゃわい」

「は、直ったんですか」

首を伸ばして仏像を見つめる。折れていた腕は付き、欠けていた頭部の顔もきれいになっている。

「へえ、直りましたね。これは見事だ」

が、あれ、と顔を巡らせる。観音像が立っていた台座がない。

「台座はここじゃ。これも直した」

欠けていた蓮の花びらが元どおりになっている。

「へえ、像と台座は別々なんですね」

「ふむ、そういうものじゃ。で、だな」

一炊は仏像の底を禎次郎に向ける。

「そら、底がへこんでおろう。それが台座の出っ張りと合って、ちゃんと立つわけじゃ」

「なるほど」

「で、この底に蓋《ふた》がついておる」

「蓋、とは」

ああ、と一炊は仏像を振る。と、中から物がぶつかる音が聞こえてきた。

「直しているうちに気がついたんじゃ。おそらく胎内仏《たいないぶつ》が入っておるのだと思うておった」

「胎内仏、とはなんです」

「うむ、仏像の内側を空洞にしてな、中にさらに小さな仏像を納めるのよ。御利益《ごりやく》が増すといわれておる、よくある造りじゃ」

「へえ」

目を丸くする禎次郎に、一炊は底の蓋を指で示した。

「じゃがな、どうも気になった。音が小さいんじゃ。もしや、中の仏像が割れておるのではないかと心配になってな」

一炊は錐《きり》の先を当てると、蓋をぽんと外した。

「こうして開けてみた。と……」

仏像を縦にする。中から、するりとなにかが落ちてくる。一炊が手で受けたそれを、禎次郎は見つめた。小さな巻物だ。

「なんですか、それは」

「ふむ、祈願文じゃ。仏像の胎内に由来書や祈願文を納めるのも、ままあること」

一炊は巻物を下に置く。糸がつけられ、ちゃんと結んである。

「まあ、これも縁と思うてな、なにが書いてあるのか読んでみたんじゃ」

一炊は巻物を広げて、禎次郎に示した。

「女文字じゃ。読んでみよ」

禎次郎の目が文字を追う。

「これは……」

呆然とする禎次郎に、一炊が「うむ」と頷いた。

さて、どうしたものか……。禎次郎はまた考えあぐねていた。

一炊の寺から戻って考え、その翌日も考えつづけた。方策を思いつくのだが、それが正しいかどうか、自信がない。うまくいくのかどうかも、不安だ。

「旦那様、たくわんが落ちましたよ」

朝餉の膳でも目が浮いたままだった。非番だから、また区切りがつかない。

よし、と禎次郎はたすきを掛ける。木刀を手にすると、外の離れへと向かって声を上げた。

「先生、稽古を願います」

おう、と近野平四郎が出て来る。

「気合いが入っているな」

同じく木刀を手にした平四郎と向き合った。

じりっと、足を踏み出して、刀を振り上げる。

「えいっ」

「とうっ」

平四郎がその刀をかわす。

かん、とぶつかり合う音と、かけ声が庭に響き渡った。

下段に構えた平四郎がふっと禎次郎を見る。

「気合いはあるが、迷いもある」

その刀がひらりと舞い、禎次郎に打ち込んでくる。

それを受けて、禎次郎も打ち返す。

踏み込み、飛び退き、身を翻すうちに、額から汗が流れ出していた。

目に入った汗を拭おうと袖で拭いた瞬間に、頭上の空を切る音がした。

「油断」

平四郎の刀が寸止めする。

「なに」

禎次郎は飛び退いて、構え直す。

間合いを取ってから、刀を下から振り上げた。

かん、と大きな音を立てて、木刀が飛ぶ。

禎次郎の手がじんとしびれた。

「参りました」

　頭を下げる。

「ふむ、まだまだだな」

　そういう平四郎の目が、動いた。つられて振り向くと、そこにいたのは豊之助だった。

弾かれた禎次郎の木刀を手にしている。

「すみません、打ち合う音を聞いていたら、じっとしていられなくなりまして」

　姿勢を正す豊之助を、禎次郎は手で平四郎に示す。

「ああ、と、こちらは宮地豊之助殿と申されて、わけがあって我が家に逗留中なのです。で、こちらは……」

　平四郎を示す。

「我が師匠で近野平四郎先生です。香取神道流の免許皆伝という腕前なので、いろいろと教えを受けているのです」

　よろしく、と互いに礼をする。

「では」と、豊之助が小さく頷く。「禎次郎殿のあの棒手裏剣は、先生からの御伝授ですか」

　ああ、と禎次郎は苦笑した。

「そうなんだ。あのときの傷は大丈夫か」

「ええ」

豊之助も苦笑しながら肩をさすった。

そのようすを見て、平四郎が口を曲げて豊之助を見た。

「なるほど、禎次郎の棒手裏剣を受けたのは貴殿であったか。なんぞ悪《あ》しきことを致したのか」

あ、と片目を細めつつ、豊之助は頷くようにうつむいた。

「はい……恥ずべきことですが、己の欲のために、口車《くちぐるま》に乗ってしまいまして……」

「ふむ、欲とはなにか」

「豊之助殿は」禎次郎が割って入る。「仕官をえさに利用されたのです」

「仕官か。ならば欲ではない」

その言葉に、は、と首をかしげる二人に、平四郎は顎を上げた。

「欲というのは、いっとき満足すれば終わるもの。仕官は人生を賭けた大望《たいもう》だ。大望をえさにするとは、実に卑しき所業である」

いいえ、と豊之助はまたうつむく。

「えさにつられ、恥ずべきことをしてしまったのは事実。己の不徳です」

「しかし」禎次郎は前に出る。「豊之助殿は名乗り出て、罪を明かそうと考えているんです。が、それをされると、少しややこしいことになるので、今は留まってもらっているという次第でして」

禎次郎は必死にいいわけをする。豊之助に対して、今は同情のほうが強い。

ふむ、と平四郎が腕を組む。

「そうか、ならばよい」

「え」

顔を見合わせる二人に、平四郎は頷く。

「愚行など誰もが犯すもの。人生で一度や二度、恥ずべきことをせぬ者などおらぬ。悔ゆればそれでよいのだ」

「そ、そうですか、いや、そうですよね」

禎次郎はたちまちに笑顔になった。

豊之助は恐縮しつつも、ほっとしたように肩を下げる。

「豊之助殿は剣術が好きなようだな」

平四郎の言葉に、はい、と頷く。

「子供の頃から、それ以外に好きなものがなかったのです」

「ふうむ、好きというのは上達の極意である」

穏やかになった平四郎の表情に、豊之助は思い切ったように向き合う。

「実は先日も、陰からお二人の稽古を窺っておりました。見事な腕前をお見受けしたので、是非、お手合わせを願いたいと思っていたのです」

禎次郎が手を上げる。

「この豊之助殿もなかなかの腕なんですよ」

「いやいや、わたしなど……ですが、外に出ることができませんので、どうにも腕がむずむずとしてかなわないのです」

「ああ、そりゃ、申し訳ない」禎次郎が頭を下げる。「いましばし、我慢してくださ い。先生どうですか、お相手をして差し上げては」

「うむ、豊之助殿、流派はどちらか」

「はい、一刀流《いっとうりゅう》です」

「ほう、それはよい。拙者にとっても勉強となるゆえ、お手合わせ願おう」

「ありがとうございます」

二人が向かい合う。

禎次郎はうしろに下がると、手拭いで汗を拭きながら見守った。

「やぁっ」

豊之助が打ち込むと、平四郎がそれをかわす。

かん、かんと、木刀を打ち合う音が響く。

じりり、と動きながら、瞬時に、踏み込む。

どちらも動きが速い。

かんかんと、響きあう音も緩《ゆる》みがない。

へえ、と禎次郎は口を開けていた。先生はおれにはずいぶんと手加減をしているんだな……。苦笑がもれる。

手拭いをしまうと、置いてあった竹筒から、禎次郎は水を飲んだ。冷たい水が喉を落ちていき、首筋がきりりと引き締まる。

愚行など誰でも犯す、か……。禎次郎は平四郎の言葉を嚙みしめた。そうだな、うまくいかなかったら、また考えればいい。

「よし」

と、禎次郎は立ち上がる。

「おれは出かけます。お二人はごゆるりと」

そういうと、打ち合う響きを背に、家へと駆け込んだ。

若埼家の門を、禎次郎はくぐる。

玄関に向かうと、すぐに佐々木一乃進が迎えにやって来た。

「仏像の件ですか」

小声で訊く佐々木に、禎次郎は頷く。

「はい。それで、姫様に直《じか》にお話ししたいことがあるのです」

「承知致した」

佐々木は小走りで、中へと戻って行った。

小さな客間で待っていると、まもなく佐奈姫が家老の今井と佐々木を連れて姿を現した。

「して、いかがなりました」

座るなり、身を乗り出す姫に、禎次郎は落ち着いて声を出した。

「はい、観音像はちゃんと直りました。修復の痕《あと》は残っていますが、近くで見なければわからない程度です」

おお、と皆の声が重なる。

「では、持参したのか」

今井の問いに、禎次郎は首を振る。

「いえ、実はお戻しする前に、見ていただきたい物があるのです」

「なんだ、それは」

「はい、実は仏像の胎内から巻物が出て来たのです。それが、女人《にょにん》の文字のようなので、奥方様がお書きになられた物ではないかと思いまして」

「母上の……」

息をつめる姫に禎次郎が頷く。

「姫様に、直に御覧いただくのがよいと思ったのです。谷中の寺に、お越しいただくことは叶いませんか」

「参ります。いつ」

佐奈姫は手を握り締める。

「三日後はいかがですか」

「はい、かまいませぬ」

姫が答えながら窺うと、家老も頷いた。

「佐々木を供に付けましょう」

「では」

佐々木が文箱《ふばこ》を開ける。

「寺の名と所在をお教えください」

はい、と禎次郎は筆をとった。寺の名や絵図を書いて渡すと、佐々木と姫はそれを覗き込んで頷き合った。

よし、うまくいった……。ほっと胸を撫で下《お》ろして、「では」と退室した。

長い廊下を戻って、屋敷を出る。

「やれやれ」

門を出ると、思わず腕を伸ばして佇んだ。と、その顔を斜め向かいに向ける。

そこにあるのは北吉家の屋敷だ。

いっそ、と足を踏み出しかけるが、それをすぐに止めた。誰が見ているかもわからないのだ。そう思いつつ北吉家の門を眺めていると、脇の扉が開いた。北吉家の家臣らしい武士が出て来る。門の片隅に立つ禎次郎には気づかずに、武士は前を通り過ぎた。禎次郎もぶらりと道に出た。

歩き出すと、今度は前方の塀の扉が開いた。

若埼家の通用口から、中間《ちゆうげん》が姿を現したのだ。

中間はそっと歩き出す。先には、北吉家の武士が歩いて行く。

禎次郎は足を遅くして、間合いを伸ばした。

やがて、武士が右に曲がり、それにつづいて中間もその道を曲がった。

足を速めて、禎次郎はその道まで行く。

角の塀に身を隠し、そっと首を伸ばして覗き込んだ。

道の奥で武士と中間が向かい、なにごとかを話しているように見える。中間は肩をすくめると、手を差し出した。そこに、武士がなにかを落とす。おそらく小銭だろう。

なるほど、こうやって相手方を探っているのか。きっと若埼家も同じように、北吉家の誰かを手なずけているんだろうな……。禎次郎はそっと首を引っ込めた。


翌日。

禎次郎は山の参道を行きつ戻りつしていた。

坂を上がって来る人々を、じっと見つめる。

風はずいぶんとぬるみ、参拝客らの着物も薄くなってきたのがわかる。

禎次郎は人の波を見ながら、坂を下りはじめた。と、その足を止めた。

北吉利房の家来加山喜三郎が上がって来る。

「加山殿」

禎次郎は走り寄ると、加山を脇へと誘った。

「はい」

かしこまる加山に、禎次郎は懐から書状を取り出した。

「これを利房様にお渡しいただきたい」

はい、と加山は受け取って懐にしまう。

「確かにお渡し致します」

「お願いします」

よし、これも予定どおりだ……。禎次郎は、ほうと息を吐いて空を見上げた。

三

夕餉の膳に箸を進めながら、禎次郎はふと柱に目を留めた。竹筒が下げられ、細い花びらの黄色い花が生けられている。

「あれはなんですか」

その問いに滝乃がすっと胸を張った。

「まんさくの花です。庭の枝を切りました」

「ほう、まんさくとはまんざらでもないな」

栄之助の駄洒落を皆が聞き流すなか、珍しく滝乃は微笑んだ。

「ええ、そうでしょう。芳野さんは花を生《い》けるのがお上手で、わたくしも教えていただいているのです。ああすると、ただ差してあるように見えるでしょうけれど、実は深く考えて自然の趣を出しているのですよ」

「へえ」

禎次郎は感心しながら、焼き鯖《さば》を頬張る。

五月は眼を細めて母を見た。

「うちの庭は花が多うございますから、楽しめますね。よいお方に来ていただいて、よかったじゃありませんか」

こほん、と母は咳をする。

「婿殿もときどきはよいことをしますからね」

はは、と禎次郎は笑う。

「今度は、ここでみんなで飯を食うことにしましょうか」

「まあ、それはありがた迷惑ですよ。お二人のほうが気楽でしょう」

五月の言葉に滝乃も頷く。

「そうですとも。ただでさえあちらは気兼ねをなさっているのに、ともに膳などを囲んだら、ますます気詰まりになりましょう。婿殿は、そうしたところが大雑把なのです」

はあ、と禎次郎は肩を落とす。

「なになに」栄之助がにやりと笑う。「だからこそ、婿殿はこのような家でもやっていけるのだ。なあ」

はあ、と禎次郎は片目を細めて飯をかき込む。

「まあ」滝乃が夫を睨んだ。「それはわたくしへの嫌味ですか」

「そうむきになるな、戯れ言《ざごと》だ」

「まあぁ、おまえ様は戯れ言ばかり」

「ふむ、戯れて生きるくらいのほうが、この世は楽だぞ」

「まっ、そのような心構え、武士にはふさわしくありません」

言い合う二人をよそに、五月が禎次郎に手を差し出す。

「おかわりはいかがです」

「おう、もらおう」

空になった飯椀を禎次郎は差し出した。

布団を敷く五月の横で、禎次郎はごろりと横になっていた。行灯の灯りがゆらゆらと揺れるのを見て、欠伸《あくび》を放つ。と、その口を閉じた。

なにか音がした。

とん、と雨戸を叩いたような音だ。

禎次郎が膝をついたまま寄って行くと、もう一度、雨戸から音が鳴った。

禎次郎も試しに、とんと叩いてみる。

「いたか、禎次郎、拙者だ」

聞こえてきたのは平四郎の声だ。禎次郎は雨戸に口を寄せた。

「はい、どうしました」

「裏口に来い」

そう告げると、平四郎の足音が遠ざかって行く。

うろたえていると、奥から廊下をそっとやって来る気配に気がついた。たすき掛けをした豊之助が、足音を忍ばせて近づいてくる。

「なんです」

うろたえる禎次郎に、そっと顔を近づけると、豊之助はささやいた。

「外に人の気配があります。数人はいそうです。支度を」

おう、と禎次郎はあわてて、部屋に戻る。たすきを掛け、刀を差す。

「どうなさったのです」

ただならぬなりゆきに、五月も小声で問う。

「うむ、そなたは母上を連れて芳野さんの部屋に行ってくれ。なに、中におれば大丈夫だ」

禎次郎は豊之助とともに、裏口へと向かった。

「実は平四郎殿も外に怪しい気配があると、知らせに来たのだ」

「ああ、やはりそうでしたか」

二人は台所へと下りた。と、そこに平四郎がすでにいた。

「戸が開いていたから入ったぞ」

平四郎は外の気配を窺っている。

「離れのほうの裏口から男が三人、窺っている気配がしたのだ。拙者が窓から出て探ってみたところ、表の木戸門にも三人ほどの影を見つけた」

「え、裏にも表にもですか」

禎次郎は驚きの声を洩らす。と、考えを巡らせた。北吉家が豊之助の行方を追って、ここを突き止めたとしても不思議はない。いや、そもそも深川から移るときに、付けられていたのかもしれない。と、すると、若埼家もそれを探り当てるはずだ。あ、そうか……と、胸の中で手を打つ。若埼家で家老の今井と話していたときに、茶を運んで来た家臣がいたではないか。あの茶が妙にぬるかったのは、話をずっと聞いていたからかもしれない。あのとき、今井に豊之助を匿っていることを告げたのだ……。

迂闊さに唇を嚙む禎次郎の横で、豊之助が平四郎に頷く。

「はい、前後三人ずつと、わたしも同じように感じました。すみません、おそらくわたしが狙いでしょう」

「狙いとは、どういうことか」

平四郎の問いに、禎次郎が答える。

「先日、お話しした件です。豊之助殿を利用した側は、罪を明かされては困るので、口を封じようと前にも襲ってきたんです。そこと対立する家は、逆にそれらをあきらかにしたいので、豊之助殿を連れて行きたいんです」

「なるほど、争いの具にしようということか。卑しき存念だな」

「はい、一部の者らの行き過ぎでして、まわりも困っているんです」

「あいわかった。なれば、闇に紛《まぎ》れて入り込むような不届き者は、退散させるだけのこと」

平四郎が柄《つか》に手をかける。

「あの、ですが」禎次郎が二人にこそこそという。「殺すのはやめてください。怪我もできるだけ、小さく留めて……ことを表沙汰にしたくないんです」

「承知の上」

平四郎が目配せをする。

「おい」

ささやき合う三人に、背後から声がかかった。

栄之助が鉈《なた》を手に立っている。

「父上」

手で制する禎次郎に不敵に笑うと、栄之助は静かに下りて寄って来た。

「わたしも混ぜろ。剣はだめだが、鉈ならいける」

「しかし……」

「しっ」

平四郎が禎次郎を制する。

「庭に入って来たぞ」

豊之助も頷く。

「一方は北吉家でしょう。そちらはわたしにまかせてください」

「いや、逆にしよう」禎次郎が首を振る。「そなただと怒りにまかせて斬ってしまうかもしれない。先生、頼みます」

「よし」

平四郎がそっと戸に手をかける。

「よいか」

振り向くその顔に、皆が頷いた。

「行くぞ」

平四郎が戸を開ける。

いっせいに四人が外に躍《おど》り出た。

暗闇にいた者らがあわてて、飛び退く。やはり三人だ。

と、裏のほうから人影が走り出た。こちらも三人。

全員がいっせいに剣を抜いた。

「そなたら、北吉家と若埼家の者だろう」

禎次郎は一歩進み出る。

「ふん」と一人の武士も進み出た。「そこにいる宮地豊之助をもらいに来ただけのこと。邪魔するな」

くそ、と豊之助が剣を構える。

「そなた、北吉の者だな。どこまでも卑劣なやつ」

禎次郎はもう一方の三人を見た。

「では、おまえさん方が若埼家の御家臣か。短慮ってもんだぞ」

三人の顔が強《こわ》ばる。

「うるさいっ」

「同心風情《ふぜい》が」

「その浪人、引き渡せ」

三人がそれぞれに構える。

「無謀な者らだ」

平四郎がふっと息を落として、半歩、踏み出す。

「やれ」

北吉側から声が上がった。

「宮地は殺してもかまわん」

男の一人が踏み込んでくる。

平四郎がその前に、刃を下ろす。

弾かれたように、男はよろめいた。

「よし」

禎次郎はそこに踏み込んだ。峰で相手の手首を打つ。

「やあ」

豊之助も、斬り込んできた相手を逆に打ち払った。

「もう、誰でもよい、打ち払え」

平四郎のかけ声に、禎次郎も豊之助も、刃を振り上げた。

重い響きが重なり、そこにうめき声が混じる。

若埼家の武士が、峰打ちを喰らって倒れ込む。

「こらぁ」

栄之助も参戦する。

振りまわす鉈に、相手の剣が飛んだ。

「己の不覚ではあるが」豊之助が叫ぶ。「迷惑はかけられぬ」

北吉家の一人を柄《つか》で打って、崩す。

「立ち去れい」

豊之助の声の下で、男が膝を折って倒れ込んだ。

「くそう」

足を引きずった一人に、禎次郎が向き合う。

「手負いなら分相応。いいかげん、あきらめろ」

反対側の脚を峰で打つ。

倒れた男を、もう一人が抱え込んだ。

「こやつ」

宮地に斬りかかる別の男の剣を、平四郎が飛び出して受ける。

がっと、音を響かせて、相手の剣が揺らぐ。

じりりと寄って、平四郎は一気にその剣を跳ね上げた。

「こしゃくな」

飛びかかってきたもう一人を、豊之助が鳩尾《みぞおち》に打ち込む。

曲がった背に、もう一打、柄で打ち込んだ。

ぐうという呻き声が、いくつも洩れる。

「なにごとだ」

闇の中から別の声が上がった。

隣家の戸が開く音が響く。

「くそ」

仲間を抱えた武士が顎をしゃくる。

「引け」

対する三人組も、腕を押さえ、足を引きずりながら、闇の中に下がる。

「引くぞ」

それぞれが、反対側へと退いて行く。

「なんだ」

隣家の同心片倉がおそるおそる出て来ると、首を斜めに伸ばした。

「な、なにがあったのだ」

「ああ、すみません、お騒がせして」

禎次郎が進み寄って、頭を下げる。

「ちょっと、闇の中で荒稽古をしていたもので」

はい、と三人もうしろで姿勢を正す。姿勢はしっかりしているが、皆、着物は乱れて荒々しい。

「もう、終わりましたので」

「う、うむ、そうか」

片倉は肩をすぼめて、家の中へ戻って行った。


四つの箱膳の前に、四人の男が座った。

「お酒が温まりましたよ」

五月が湯気の立つチロリを盆に載せてやって来る。

「ほう、いい匂いだ」

栄之助が鼻の穴を広げる。

「下《くだ》りものではないか」

平四郎も杯に注がれる酒を見つめて、目を瞠る。

「はい、これは昨日の不届き者の片方の家からもらったものですから、遠慮は無用です」

「されど、わたしがいただくのはお門《かど》違い……」

肩をすぼめる豊之助の背中を、禎次郎がぽんぽんと叩く。

「気にすることはない、見事にやっつけたんだ」

「うむ、私憤があれば気が乱れても不思議はないというに、よい太刀筋《たちすじ》であった」

平四郎が頷くと、隣の栄之助も同意する。

「いや、強いのに驚いた。先生も強いが、豊之助殿もなかなかのもの」

「いえ、先生に比べれば、わたしなど及びません」

禎次郎の呼び方につられて、皆も平四郎を先生と呼ぶ。道場でそう呼ばれている平四郎は抵抗もないらしい。

「不測の事態ではあったが、あのような実戦は腕が鳴るものだ」

「うむうむ」

と、栄之助は腕を振り上げる。

「いや、あのような場に参入したのは初めてだったが、血がたぎるものだな」

頬を紅潮させる夫の横に、滝乃が膝をついて、小鉢を差し出す。

「わたくし達も雨戸の隙間から、そっと見ておりましたよ。皆様、本当に頼もしく、ほれぼれと致しました」

「うむうむ、そうであろう」

鼻をふくらませる栄之助から、滝乃は笑いながら顔をそむける。

「まあ、お一人、鉈を振りまわす金太郎のようなお姿がありましたけど」

「なんだと、金太郎とはなんだ、金太郎とは」

皆、笑いをこらえて下を向く。

笑いを抑えずに、五月が父を見た。

「わたくし、たくましい父上を初めて見ました。やはり殿方はいざというときに頼りになりますね」

「うむ、そうであろう」

胸を張って、父は盃を上げる。

そこに芳野がそっと盆を運んで来た。鰆《さわら》の焼き物がのった皿を、そっと膳に配っていく。

「へえ、いい匂いがしますね」

禎次郎がそれを覗き込むと、滝乃がそれに答える。

「ええ、味噌焼きだそうです。芳野さんは料理もお上手なのですよ」

いえ、と芳野は盆を置くと、改まって三つ指をついた。

「わたしどものせいで、皆様に御迷惑をおかけ致し、お詫びのしようもありません。ふつつかな息子を恥じ入るばかりです」

「あらまあ、よいのです」

滝乃が肩に手をかけて身体を起こす。

「おかげで婿殿のりりしい姿を初めて見ることができましたし、旦那様の意外な働きも見られたのですから」

「意外とはいかがなことか」

口を尖らせる栄之助に、禎次郎が片目をつぶった。

「惚れ直したということですよ、きっと」

まっ、と滝乃が顔を赤くする。転げるように立ち上がると、芳野の手をつかんだ。

「さ、台所に戻りましょう、茶碗蒸しの続きを教えてくださいな」

あわただしく母二人が去って行く。五月も笑みを浮かべたまま、そのあとに付いて行った。

「よいお母上ですな」

栄之助が鰭をつまみながら眼を細めると、豊之助は決まりが悪そうにうつむいた。

「母は、旗本の生まれなのです」

ほう、と皆の声が揃う。

「いや、旗本といってもしがない貧乏旗本。そこの四女ですから、大したものではないのですが、誇りだけは高くて……」

「ほう、ということは、お父上も旗本ですかな」

「いえ、父は道場をやっておりました。曾祖父の代から継いだそうです。そこに母の兄が通っていたのが縁で、嫁いだそうです」

「ふむ、その腕は代々より受け継がれたのだな」

平四郎が腑に落ちたとばかりに頷く。

しかし、皆の口がいっせいに酒と料理に向いた。

禎次郎も豆腐の味噌漬けをつまむ。

代々、道場を継いできたのに、今、豊之助が浪人をしているのにはおそらく深いわけがあるのだろう。誰もが気遣って、そこに触れまいとしているのがわかった。

が、それを察したらしい豊之助が顔を上げた。

「父はそれなりの腕だったのです。ですが、ある日、他流試合を申し込まれたのです。近くに新しく道場が造られ、そこの道場主がやって来まして……」

「なるほど」禎次郎は箸を止める。「試合で名を広めて、弟子を集めようという魂胆《こんたん》だな」

「ええ、今、考えれば。相手は試合で人を集めることが目的だったんでしょう」

「ふむ、それなりの打ち合いを見せれば、口づてに新しい道場の話が広まるであろうからな」

平四郎が頷く。

「はい。父の道場は誰でも入門を許すというわけではなかったので、新しい道場ができても、障《さわ》りはなかったはずです」

皆の眉が曇る。話の先が、なんとなく見えるようだった。

「ですが、父は真剣に立ち合ってしまったのです。剣は常に真剣、というのが父の信条でしたから。それで相手を容赦なく打ちのめし、堂々と勝ちました。こちらの門弟は喝采《かっさい》を送りましたが、相手方は顔を真っ赤にして……わたしは見ていて、気の毒に感じたほどです」

皆、黙って酒を飲む。

豊之助は腹を据えたように、それぞれの顔を見た。

「それからしばらくして、父は夜道で襲われたのです。日頃から腕を誇っておりましたから、弟子も付けずに一人で歩いていたそうです。そこを狙われ……斬られこそしませんでしたが、体中打ち据えられて、手首とあばらを折られて帰って来たのです」

「手首とは、なんと卑劣な」

平四郎が音を立てて盃を置く。

「逆恨みか」禎次郎は息を吐く。「世の中で一番、厄介で恐ろしいやつだな」

「うむ」栄之助も続く。「しかし、実によくあることでもある。怨みはこちらが望まなくとも、相手が勝手に抱くものだからな」

「はい、今となれば、わたしにもわかります。父も少し、手加減をすればよかったのです」

豊之助は首を振る。

「ですが、父上はそのような悔悟は持ちませんでした。手首が使えず剣を持てなくなったことと相まって、怒りに駆られるばかり。挙げ句は酒に溺れて、血を吐いて死んでしまったのです」

ふう、と皆の息の音が流れる。

「お母上はさぞ、御心痛だったろうな」

禎次郎は長屋で聞いた言葉を思い出していた。過信で命を落としたというのは、このことだったに違いない。

豊之助は腕をさする。

「わたしはいずれ道場を再建したいと願ったのですが、母に強く反対されました。それよりもどこかに仕官を致せ、とずっと言い続けているのです」

なるほど、と禎次郎は腑に落ちた。だからこそ、豊之助も母のために仕官を叶えたいと思ったのだろう。そして、その足元を見られたのだ。

「それはまあ」と栄之助が腕を組む。「同じ轍《てつ》を踏ませたくない、という親心であろう。気持ちはわかるな」

「はい。母の苦労を見てきたので、わたしも否《いな》めないのです」

「許せぬ」

そこに大声が上がった。平四郎が手で自分の太腿を叩いて、怒っている。

「その相手の道場主、なんという浅ましい所存か。ましていいなりになって夜道で襲うとは、門弟らはもっと浅ましい。いいや、仕官をえさにする者らも浅ましいし、それを陥れようとする者らも浅ましい。世の中は浅ましい者だらけではないか」

酒がまわったのか、首が赤い。

普段は表情を変えない平四郎の怒り顔を、禎次郎は微笑ましいような気分で見た。剣一筋で生きてきた分、世の汚れに触れずにきたのだろう。それゆえに迷いも少ないのかもしれないな、と胸の奥でつぶやく。

「さあ、どうぞ」

五月が新しいチロリを運んで来た。

「こちらもできましたよ。芳野さんの茶碗蒸しです」

滝乃のうしろから芳野が肩をすくめる。

「うまくいきましたかどうか。茶碗蒸しは久しく作っていなかったものですから」

高価な卵を使う茶碗蒸しは、気安く食べられるものではない。

湯気の立ち上る茶碗蒸しを覗き込んで、豊之助が微笑んだ。

「本当に何年振り、いや、父が元気だった頃以来ですね」

どれ、と栄之助が箸を持つ。

「熱っ、あちちち」

口を押さえて身体を揺らす。

「まあ、おまえ様」

滝乃が眉をひそめる。

「子供のように、恥ずかしい」

あぢっ、と禎次郎もあわてて口を押さえる。

「婿殿」

滝乃がきっ、と顔を向けた。

「吹き出してはなりませぬ」

はい、と禎次郎も身体を揺らした。

四

朝方、曇っていた空も晴れて、昼下がりの上野の山に、多くの人がやって来た。

いつものようにぶらぶらと廻りながら、禎次郎は首をまわした。昨夜、飲んだ酒がやっと抜けてきて、頭が軽くなってきたのを感じる。

桜が岡から歩いて、根本中堂をひと巡りすると、前から手を振る人影が目に入った。

「おうい、禎次郎」

兄の庄次郎だ。

にこにことした顔で近づいてくる。変に愛想がいいときには、要注意だ。

「どうしたんだい、わざわざこんな所まで」

「ああ、筆を持って来ないから、こっちから取りに来たんだ」

やっぱり、と苦笑しながら、禎次郎は懐から巾着を出した。

「これで好きなのを買ってくれ。そのほうが、兄上もいいだろう」

一朱金を渡す。

「おう、じゃあそうしよう。ありがとうよ」笑顔でしまう。「そういや、五月殿は絵を描いているか」

「ああ、毎日、描いている。楽しそうだし、機嫌がよくなった」

「ほう、そうか。それはよかったな、人間、好きなことをするのが一番だ」

　ぶらりと、歩き出す。

「そういえば兄上、役者絵をやりたいといってたけど、もう描いてるのかい」

「いや、まだだ。人気の歌舞伎役者は、おれみたいな者には振り向いちゃくれないからな。もっと世に出て、有名にならなきゃいかん」

「へえ、そういうものなんだ」

「そういうものだ。名があるか、金があるか、どっちかがなけりゃ、まともに扱ってはくれないのが世の中というもんさ」

　庄次郎はふふんと笑う。

「それじゃ、絵師芳才《ほうさい》の名を高めなけりゃいけないね」

「ああ、だから、おまえもちっとは力を貸してくれ」

「力なんて、ないぞ」

「金も力さ」

ははは、と笑って、庄次郎は手を上げた。

「じゃな」

と、背を向けると、軽い足取りで参道を歩き出した。

人の波に入っていく。が、その足が止まった。

すれ違った男を庄次郎が目で追って、振り向く。

あ、と禎次郎は声を上げた。

平賀源内《ひらがげんない》だ。

源内もこちらに気がつき、にっと笑顔になった。

「やあ、巻田禎次郎、いたね」

禎次郎も近づいていく。

「はい、源内先生もお変わりなさそうで。なにか御用でしょうか」

いいながら、源内の背後を見てぎょっとした。兄の庄次郎がついて来ている。なんだ、と思うが、源内の声に目を引き戻される。

「いや、湯島に用事があったから、ついでに寄ったのさ。聞いたよ、田沼様に会ったそうだね」

「あ、ええ、そうなんです。お忙しいのに、小さなつまらないことでお邪魔をしてしまって。申し訳ないことをしました」

「なあに、あのお方は心が広い、大丈夫さ」

笑う源内を斜めうしろから、兄が覗く。

だからなんなんだ、と禎次郎はうろたえるが、源内は気づいていない。

「実は、わたしも田沼様の広いお心で、よいほうに行きそうでな」

くくく、と源内が笑う。

そういえば、と禎次郎は思い出す。以前、田沼意次の屋敷で源内といっしょになったとき、頼まれ事をされているらしい田沼は源内に「もうしばし待て」と告げていた。

「お願い事がうまくいったのですか」

「そうなんだ。わたしはまた長崎《ながさき》に行きたくてね、なにか御公儀のお役をいただけないか、とお願いしたのさ。長崎でゆっくりと学ぶには先立つものがいるからね」

「へえ、長崎ですか」

禎次郎は空を仰ぐ。どちらの方向かも、見当がつかない。

源内も空を見上げて眼を細める。

「長崎は西洋のものがたくさんあっておもしろい。いくら学んでも学び足りないくらいだ。それをいったら、田沼様が口を利《き》いてくださって、阿蘭陀翻訳御用《おらんだほんやくごよう》というお役をいただけることになってな、今年のうちにまた長崎へ行けそうなんだ」

「へえ、それはいったい、なにをするんですか」

「阿蘭陀の本草学《ほんぞうがく》の本を翻訳するのよ」

はあぁ、と禎次郎は顎を上げる。なんのことだか、まったくわからない。

ふふ、と源内が上背のある禎次郎を見上げる。

「どうだい、惚れそうになるだろう」

源内の女嫌いを思い出して、禎次郎はあわてて身を引いた。

と、その隙に入るように、庄次郎が身を入れた。

「あの、平賀源内先生ですね」

びっくりする源内に、庄次郎は向き合う。

「おれはこの禎次郎の兄で庄次郎、いえ、絵師の芳才といいます。以前、先生の西洋画を見ました。それで、是非、教えを受けたいと思っていたんです」

「ほう」

源内はおもしろそうに庄次郎を見る。

多彩な源内は絵にも関心が深く、長崎で学んだ西洋画を絵師に教えたり、自身で描いたりしている。その画法が江戸の絵師にも評判になっていた。が、源内はそれには答えずに、庄次郎の顔をじっと見る。

「兄弟だけあって、おまえさんも涼しい目をしているね。禎次郎を口説《くど》こうと思ったが、兄というのもまた一興かもしれないねえ」

「わたしを口説いてください」

庄次郎の言葉に、禎次郎はよろめきそうになる。庄次郎はそんな弟におかまいなしに、源内に一歩、歩み寄った。

「先生の書かれた『陰間茶屋細見《かげまぢゃやさいけん》』も読みました」

えっ、と禎次郎はさらに驚く。陰間茶屋は男が身を売る店だ。女も買いに行くが、男の客のほうがずっと多い。源内は『吉原細見《よしわらさいけん》』という本に抗してそれを書いたらしいが、江戸ではそれなりに評判になっていた。それもあって、源内の嗜好《しこう》を、江戸では知らぬ者はいない。

「おや、そうですか、あれはいい本でしょう」源内はほっほっと笑う。「いろいろと話が合いそうなお人だねえ」

「はい」

庄次郎は懐に手を入れると、一朱金をつかみ出した。

「先生、お近づきの印に御酒《ごしゅ》でもいかがですか」

え、その金は、と禎次郎がいいかけるが庄次郎は弟を一瞥《いちべつ》だにしない。

「おや、いいね、わたしは辛口が好きでね」

源内の言葉に、庄次郎は「では」と歩き出す。

「それじゃ、また」

源内は禎次郎ににこりと笑うと、そのあとに続いた。

振り向きもしない兄の背中を見送りながら、禎次郎ははぁと息を吐いた。

兄上が嫁をとらないのは、面倒なせいだとばかり思っていたが……いや、そうであってもおかしくはないか……。禎次郎は兄のほのかな初恋が、道場仲間であったことを思い出す。

好きなことをするのが一番、だな……。そうつぶやきながら、禎次郎はまた山を歩き出した。


道行く人の影が、だんだんと長くなる。

坂の上へと歩いていた禎次郎は、うしろから呼び止められた。追いついて来たのは、北吉利房の家来加山喜三郎だ。

「巻田殿、これを利房様からお預かりして参りました」

横に並んで、書状をそっと出す。

禎次郎は脇に寄ると、それを開いた。文字を追った目を加山に向ける。

「承知しました、とお伝えください」

「はい。よろしくお頼み致します」

加山はぺこりと頭を下げて、坂を戻っていった。


禎次郎は早足で谷中へと向かう。

桃源院の門をくぐって、庫裏に向かって「一炊和尚」と呼びかける。

「なんじゃ」

本堂から、顔が出た。

「あ、こちらでしたか」

「ふん、しかたなく念入りに掃除をしておるのよ。して、どうなった」

はい、と階段を上って行く。

「とりあえずは、考えたとおりにいきそうです」

禎次郎はぽんと胸を叩いた。

# 第五章　割れてのち

## 一

高くなりはじめた日射しが、桃源院の門を照らす。

山門の前で、禎次郎は懐手をして佇んでいた。四つ刻（午前十時）を知らせる鐘が、先ほど鳴り終わったところだ。

おっ、と声を出して、禎次郎は道に出た。

駕籠が向かって来る。谷中の坂を上がってきたせいで、駕籠かきの息が荒い。

禎次郎が手を上げると、駕籠は止まり、中から窓が開けられた。北吉利房が顔を出し、すぐに駕籠から下りてきた。駕籠のうしろから、付き添ってきた家来の加山喜三郎が進み出て、禎次郎に会釈をする。

「待たせましたか、申し訳ありません」

「いえ、さ、中へ。駕籠も中で休んでいてください」

山門をくぐりながら、利房は禎次郎にささやく。

「本当に佐奈姫様と会えるのか」

「ええ、もういらしています。ですが、あちらには利房様がお見えになると伝えていませんので、ちょっと驚かれるかもしれません」

禎次郎の言葉に、利房はごくりと喉を鳴らす。

「こちらの本堂です」

三人は階段を上って雪駄《せった》を脱ぐ。

仄暗《ほのぐら》い本堂の片隅には、すでに三人の人影があった。

現れた人影に、佐奈姫が目を見開く。

え、と驚きを顕わにする佐奈姫の向かいに、禎次郎は利房を導いて座らせた。

「まあ、こちらは……」

利房の顔を見て、佐奈姫は口を押さえる。先般、山で両家が対峙《たいじ》したとき、利房が父の前に進み出たのを、覚えていたらしい。佐奈姫の斜めうしろに控えていた家臣の佐々木一乃進も、覗き込んであっと声を洩らした。

「はい、北吉家の御次男利房様です」

禎次郎の言葉に、利房は丁寧にお辞儀をした。

「その節は、失礼を致しました。参拝の順をお譲りいただいたおかげで、ことなきを得ることができ、かたじけなく存じております」

まあ、と佐奈姫も手をついた。

「いえ、こちらも逸る者がおり、御無礼を致しました」

二人を交互に見て禎次郎は、脇に座る一炊和尚を手で示す。

「こちらがこの桃源院の御住職一炊和尚です。和尚様はあの観音像を直してくださったのです」

「まあ、礼を述べるのが遅れ、失礼致しました。ありがとう存じます」

佐奈姫に続いて、利房も頭を下げる。

「こたびのことは当家の不始末、御助力をいただきありがたく思うております」

「いやなに」

と、一炊は泰然と頷く。

禎次郎は姿勢を正すと、佐奈姫に顔を向けた。

「こちらの利房様も両家の和睦を願っておいでなのです。同じ思いの佐奈姫様と、お引き合わせしたいと考えまして」

「まあ、そうでしたか。それは心強いことです」佐奈姫は利房を伏し目がちに見る。

「当家においても諍いを収めたいと望む者はそれなりにおるのですが、なにぶんにも父上のお気持ちがああなので、それに従う者を止めようがないのです」

山での諍いを思い出したように佐奈姫が溜息を吐くと、利房が身を乗り出した。

「はい、当家も同様です。平穏を望む者よりも、父上や兄上のお気持ちに添おうとする者のほうが勢いが強く、わたしにはどうすることもできないのです」

まあ、と佐奈姫が伏し目がちだった目を開いた。が、眉が微かに寄る。

「北吉様はまもなく若様が跡を継がれるのですよね」

「ああ、はい、今年中には。すでに家中では若殿と呼ばれております」

「そう、ですか……」

佐奈姫はいいよどんで、言葉を止める。が、思い切ったように、再び赤い唇を開いた。

「あの、若殿様もやはり当家を快く思われておられぬようだと聞いたことがあります。それは真《まこと》なのでしょうか」

利房もいいにくそうに、声をくぐもらせる。

「それは……はい……わたしも困ってはいるのですが」

「そうですか」

　ほう、と佐奈姫は溜息を落とす。しばらく考え込むようにうつむいてから、姫は静かに顔を上げた。

「実は、そのことを兄が気に病んでいるのです」

「兄上様が、ですか」

　利房が意外さを顕わにする。

「はい。こうしてお話しできましたのもせっかくの御縁……それに利房様はお味方のように感じますので申します。わたしくどもの家は長女次女と続いて、やっと長男である兄が生まれたのです。さらにその下がわたくし。男《おのこ》は兄一人であったために、幼い頃から大切にされておりました。身体も弱く病気がちでしたので、よけいに気遣われたのでしょう。幼いわたくしが見ても、うらやましくなるほどに甘やかされておりました」

　皆が黙って頷く。御大家《ごたいけ》にはありがちなことだ。

「そのせいだと、わたくしは思うておるのですが、兄はお心が弱いのです」

　禎次郎は腹の底で頷く。若埼家で見た兄の友清は、いかにも気が萎《な》えて、心が脆《ぜい》

「お恥ずかしいようなことですけれど、幼い頃に池の蝦蟇《がまがえる》を見て、卒倒したこともあったのです」

「兄はささいなことも、くよくよと気に病むのです」佐奈姫は首をすくめる。

弱《じゃく》そうだった。

皆が沈黙した。笑いそうになるのを嚙み殺しているのがわかる。

こほんと、姫のうしろから咳払いが出る。家臣の佐々木が顔を上げていた。

「若君はお心がやさしくていらっしゃるのです。幼き頃から、我らにもなにかとお気遣いをされるようなお方です」

ええ、と佐奈姫が困ったような目で頷く。

「それは真。なれど、やさしいお心のゆえに、争い事をなによりも厭われるのです。優れた家臣がおりますから、家中を率いていくことはできましょうが、家の外との諍いとなれば……お気持ちが折れてしまいそうで……」

泣きそうに見える表情に、皆のあいだに狼狽が伝わった。

「姫様、そこまでおっしゃるのは」

佐々木が膝行して制する。

「ふうむ」

重い声を上げたのは一炊だった。

「それは心配じゃろうて。諍いを好む者は、わざわざ自分で種を蒔《ま》いてでも争いたがるが、厭う者は怒鳴り合う声を聞いただけでも気が塞《ふさ》ぐもんじゃ。先々に禍《わざわい》の予兆があるとなれば、気鬱《きうつ》になっても不思議ではあるまい」

はい、と佐奈姫が、我が意を汲んでくれたとばかりに頷く。

むう、と利房が腕を組んだ。

「そうでしたか……いや、そちらがお話しくだされたのですから、こちらも打ち明けぬわけに参りますまい。実は、わたしどもの兄は、逆に気が荒いのです」

「そ、それをいうては……」

と、止めるように膝行する加山を、利房は目で制す。

「よいのだ。互いに知るのもまた大事なこと……実は、兄をお産みになった御正室は、御病弱で早くに亡くなられたのです。ために兄は乳母に育てられたそうです。そのしばらくのちにわたしの母が継室として嫁ぎ、わたしが生まれました。ですが、この母が……」

利房はうつむき、ややあって静かに、堅い頬の顔を上げた。

「恥ずかしきはこちらも同様。母は兄を廃嫡してわたしを跡継ぎに据えようと画策したのです。兄に冷たく当たっていたのを、わたしもこの目で見ております。兄上は、どんなに口惜しかったことでしょう」

まあ、と佐奈姫はまた泣きそうに眉を歪ませる。その表情に、利房は微かに微笑を浮かべた。が、それをすぐに収める。

「そのようなことがあったせいで、兄はすっかり気が荒くなってしまったのです。ために一部の重臣は、兄が跡を継いだのちのことを心配しているのです。なにかことを起こし、お家取り潰しなどということにでもなれば一大事ですから」

利房が眉を寄せた。

禎次郎は咳払いをして、口を開いた。

「差し出たことですが、若殿様はお殿様を敬愛されておられると聞き及んでいます。お殿様がお変わりになれば、若殿様も変わるのではないかと思われますが」

うむ、と利房が頷く。

「巻田殿のいうとおり。わたしもそれを望んでいるのです」

うむ、と一炊も頷いた。

「親を慕う子であれば、親の気持ちに従って変わるであろうよ」

「まあ、そうなればよいのですけど」

姫の表情がほぐれる。

「それで、です」

禎次郎は脇に置いてあった木箱から、観音像を取り出した。

「これをお二人に見ていただきたいのです」

底を向けると、半ば外してあった蓋を開けて、像の中から巻物を取り出した。それを佐奈姫に差し出す。

「和尚様が見つけてくださいまして、失礼ながら中を検《あらた》めました。女性《にょしょう》の書かれた文字だと思います」

おずおずと受け取った佐奈姫は、そっとその巻物を開いた。

「ええ、これは確かに母上のお蹟《て》です」

佐奈姫は書かれた文字を目で追っていく。追うに従って、みるみる目が見開いていくのが、皆にも見てとれた。

最後に目を留めて、佐奈姫はじっと息を詰めている。

皆も同じように見つめるのを感じて、姫は顔を上げた。

「このような……なれど、これは確かに母上の書かれたもの。最後に花押《かおう》のように記されているのは、喜代江という署名です」

「なるほど、お名前とはわかりませんでした」

そういいながら、禎次郎はすっと手を差し出した。

「よろしければ、それを利房様にもお読みいただきたいのですが、いかがでしょう」

「あ、はい」

佐奈姫が巻物を渡す。

「わたしもお読みいただいたほうがよいと思います」

「よろしいのですか」

そうためらいつつも、利房は巻物を受け取った。

文字を追うにつれて、やはり、目が見開く。

「これはいかがなことか……」

禎次郎は二人を交互に見つめた。

「このことを、お二人から両家のお父上にお伝えすればよいのではないか、と考えまして、こうしてお越しいただいたわけです」

姫はうつむき、利房は天井を見上げ、じっと考え込む。

「姫様がこれをお持ち帰りになれば、お父上は御納得されるでしょう」

禎次郎が巻物を観音像の胎内に戻す。が、その手を途中で止めた。

「いや、巻物は出しておきましょうか」

禎次郎の問いかけに、え、と姫は迷いを見せる。

「ああ、いや」利房が顔を戻して、手を上げた。「その仏像、いましばらく、こちらでお預かりいただいたほうがよいのでは。その間に、よい方策を考えたく、いましばし、時がほしいのです」

ふむ、と一炊は頷く。

「そりゃ、かまわんがの。これまでも毎日拝んできたから、わしも情が移ってしまったしな」

利房は佐奈姫を見る。

「姫君、だめでしょうか」

姫はその顔を見つめ返すと、大きく頷いた。

「いえ、そう致しましょう。わたくしも最良の時期と方策を考えたく存じます」

「は……」

禎次郎は意想外のなりゆきに戸惑っていた。これで一件落着、という楽観が霧散していく。

「ええと……では、観音様はもうしばらく一炊和尚に預かっていただくことに致しましょう」

まいったな、と喉の奥でつぶやきながら、観音像を木箱へと戻した。

二

「おう、禎次郎」

山を見廻る禎次郎が、うしろから呼び止められた。

流雲和尚が小坊主の春童《しゅんどう》を連れて、こちらにやって来る。

「どうも、先日は……」

小走りに寄って、禎次郎は頭を下げた。

とっさの思いつきで若埼家奥方の供養をしてもらった恩は、当分消えない。翌日に礼をしに行ったものの、忙しそうな流雲と、ゆっくりとは話せなかった。

「ああ、もういい」手を上げて、流雲は笑う。「で、あのあとはどうなった。一炊も厄介事に巻き込まれた、といってぼやいておったが」

「ああ、はい、申し訳ないことで……先日、解決するかと思ったんですが、ちょっとこちらの思惑と外れて、まだ一炊和尚に御面倒をおかけしてるんです」

「そうか、なに、かまいやしない。あやつは普段、仏像とばかり話して人と交わらんからな、たまには世間とかかずらわったほうがいいんだ」

かか、と笑う。

「一炊和尚様は、けっこうおもしろそうにしてらっしゃいましたよ」

春童がしたり顔でいった。その小さな手には、大きな包みが抱えられている。

「おや、お菓子ですか」

「ああ」流雲がにやりと笑んだ。「そら、あの若埼家の姫さんが、あのあと、改めてお布施を持って来てくれてな、いや、それがこうずしりと重かったのよ。だから、半分だけ寺に納めて、残りはわしの懐に納めたというわけだ」

はあ、と禎次郎は流雲の豪放ぶりに口を開く。

流雲ははは と笑って、春童の頭を撫でた。

「おかげで春童だけじゃなく、ほかの小坊主どもにも菓子をくれてやれる」

「はい、みんな、喜んでいます」

笑顔の春童を撫でながら、流雲はふと手を止めた。

「おっと、いや、そうか、禎次郎が持ち込んだ話なんだから、そなたにも分けるのが道理だな。春童、饅頭《まんじゅう》を一つ分けてやれ」

「はい」

と、包みを解こうとする春童をあわてて止める。

「いや、おれはいい」

「栗饅頭です。おいしいですよ」

「そうだぞ、遠慮はするな」

「いえ、遠慮などではなく、甘い物はそれほど……」

手を振りつつ禎次郎は、ふと脇に目をやった。

噂をすればとばかりに、若埼家の家臣佐々木一乃進がこちらを見ている。

禎次郎が目礼をすると、佐々木も会釈を返してきた。そのようすを見て流雲は、

「お、客人だな、じゃあな」

と、踵を返した。

墨染めの衣を見送って、禎次郎と佐々木は互いに歩み寄る。

「これを姫様からお預かりして参りました」

佐々木が書状を差し出す。受け取ろうと手を伸ばすと、佐々木はその上に小さな包みを乗せた。以前に受け取った物と似た形から、小判だろうと察せられた。

「いや、これは」

押し返そうとする禎次郎の手を、佐々木も押し返す。

「書状をお読みくだされればわかります。頼み事が書かれておるそうで、それにお使いくださいとのことです」

ぺこりと頭を下げて、佐々木は退く。では、とすぐに人混みに紛れ、山を下りて行った。

頼み事かよ……。禎次郎は書状を目の前に掲げた。


翌日。

禎次郎は染井村《そめい》を歩いていた。

巣鴨《すがも》の隣にあるこの一帯は、まだ多くの緑が残っている。そのためか、植木屋が集まっており、あちらこちらに木の苗や鉢植えが並べられているのが目につく。

「さて、と、名前はなんだったたか」

禎次郎は独りごちながら、懐から書状を取り出した。

昨日、受け取った佐奈姫からの書状を改めて読み返す。

〈巻田殿を見込んでの頼みです。わたしの乳母であった菊を探していただきたいのです。菊は御家人の杉村吉兵衛《すぎむらきちべえ》という者に嫁ぎ、お船手《ふなて》組屋敷に暮らしておりました。

なれど、昨日、人をやったところ、杉村はずいぶんと前に役を離れ、屋敷を出たということでした。行き先は染井村らしい、ということしかわかりません。

見廻り方同心の巻田殿であれば、所在を突き止めていただけることと存じます。

是非、菊を探し出してください。そして、江戸市中にお連れくださり、数日間、どこぞの宿に逗留するよう、お取り計らいください。

勝手な申しよう、恐縮ですが、よろしくお頼み致します。　　佐奈〉

ひととおり目を通してから、禎次郎は頷く。

「そうそう、杉村吉兵衛だ」

書状を懐に戻すと、また歩き出した。

どこの庭も植木だらけだ。が、見てもなんの木だかわからない。山で見慣れている桜だけが判別できた。

「ごめん」

木の手入れをしている男に声をかけ、杉村の名を問うてみる。が、知らないという返事ばかりが続く。

お、と禎次郎は前からやって来た男を見て足を止めた。

「これ、煙草屋」

「へい、毎度」

「いや、すまん、客じゃないんだ。この辺りで杉村という家を知らないか」

「ああ、それならこの道を戻って、三つ先の右を入った突き当たりでさ。さっきも寄って来たところでして」

「そうか、かたじけない」

禎次郎はいわれたとおりに進む。

さほど広くはない庭に多くの苗木や盆栽が並んだ家が、突き当たりにあった。盆栽の手入れをしている男に、声をかける。

「ごめん、杉村吉兵衛殿はこちらでしょうか」

はい、と男は手を止めてやって来た。

「わたしがそうですが」

「ほお、よかった。ではお菊さんという御新造さんがおられるか」

「はい、お菊は家内ですが……旦那は……」

「ああ、南町奉行所の……」

名を名乗ると、杉村は訝りつつも、すぐに家の中へと案内をしてくれた。

「お菊、お客人だ」

「はい」

出て来たお菊は大年増ながらぽっちゃりとして、いかにも壮健そうだ。

禎次郎は改めて名乗って、いった。

「実は、若崎家の佐奈姫様からの使いで参ったのです」

「まあ、佐奈姫様の……姫様がなにゆえ……もしや御病気」

「いやいや、お元気だ。だが、今、少し厄介事が起きていて、お菊さんに江戸市中まで来てほしいといっておられるんだ。それでこうして、迎えに来たというわけなんだが。どうだろう、来てもらえると助かるんだが」

「まあまあ、なにごとです。いえ、参りますよ、姫様がお呼びとあれば、この菊、どこへなりとも参上致しますとも。ですが、いったい、なにがあったんです」

「いや、それは道々、説明致す。急で申しわけないが、これから発てるだろうか」

「まあ、はい」

と、腰を浮かせた菊に怒鳴り声が飛んだ。

「だめだ。行くのはならん」

横で聞いていた吉兵衛が立ち上がる。

「こんな若い男と二人で行くなど、と、途中で間違いでもあったらどうする」

は、と菊が目を丸くする。と、たちまち笑い出した。

「やですよ、おまえ様、わたしみたいなおばあちゃん相手に、なにを間違えるっていうんですか」

けらけらと声を放つが、吉兵衛は顔を赤くする。

「おまえは男をわかっておらん」

いや、あの、と禎次郎は吉兵衛に向き合うと、腰から十手を抜いて見せた。持ってきてよかった、と思う。

「この十手に賭けて、安全を約束します。たとえ不埒な男が現れても、ちゃんとお菊殿を守りますから」

「本当にもう」菊が頰をふくらませる。「やきもち焼きもいいかげんになさいまし。わたしは行きますよ。姫様が待っていなさるんだから」

菊が立ち上がると、吉兵衛はよし、と頷いた。

「ならばわしも行く」

「え……」

「荷造りをするから、しばし、待たれよ」

見上げる禎次郎に背を向けて、二人は奥へと行った。

呆気にとられて見送った禎次郎は、まあ、いいか、とつぶやいた。奥の部屋からは、夫婦のあわただしげなやりとりが洩れてくる。

手持ちぶさたになった禎次郎は庭に目を向けて、盆栽が並べられているいくつもの棚を見た。そうだ、とつぶやいて、庭へと下りて行く。奥では若い職人が、並んだ盆栽の手入れをしている。吉兵衛の弟子なのだろう。

禎次郎は中腰になって、鉢植えを見つめた。

これは松か、こっちは南天《なんてん》だな、家にあるからわかるぞ、と、こっちの葉っぱのないのはなんだ……。

首をかしげる禎次郎に、うしろから声がかかる。

「支度ができましたぞ」

背に荷物をしょった二人が、いつの間にか背後に来ていた。

禎次郎は手にしていた盆栽を掲げて、吉兵衛を振り返った。

「あのう、この松を売ってほしいんですが」

「なんですと」

「いや、実は父が盆栽をはじめるといっているんです。これを買って行ってあげれば喜びそうなので」

「はじめる、となな。では初心者か」

「はい、まだ一つもなくて」

「そうか」

吉兵衛はへの字にしていた口を弛《ゆる》めると、別の鉢を手に取った。

「よろしい、それは売って進ぜよう。こっちのはぜの木はおまけだ」

鉢を抱えると、菊を振り返って歩き出す。

「では、参るぞ」

三

禎次郎は庭で鋸《のこぎり》を引く。すでに一つ、小さな盆栽棚はできたが、それに下段を付けろ、というのが吉兵衛の指示だった。

棚の前では鋏《はさみ》を手にした栄之助に、吉兵衛が教えている。

「こういう枝は落としてもよろしい。だが、こっちの枝はだめだ」

「ほう」

「木が伸びたいと望む方向に伸ばしてやるのがいい。子を育てるのといっしょだ」

「なるほど。いや、もっと早くにはじめればよかった」

二人は朝から盆栽談義を続けている。

禎次郎はちらりと縁側を見る。芳野と滝乃、そして菊が、花や枝を並べて手に取り合っている。

「木は水の吸い上げが悪いので、こうして切り込みを入れるとよいのですよ」

菊の教えに、二人がまあ、としきりに感心している。

染井村からとりあえず盆栽を抱えて戻ると、栄之助が大喜びをした。御家人を辞めて盆栽職人になった人だと話すと、栄之助はほお、と目を輝かせた。

「宿になど行かず、ここに泊まればよいではないか」

反対をするかと思った滝乃も歓待した。芳野との関わりで、客人というものに馴れたらしい。結局、巻田家には四人の客人が逗留することになった。滝乃は同じ年頃の二人と、楽しそうに過ごしている。

こんなに喜ばれるとはな……。そう思いつつ、禎次郎は鋸から金槌《かなづち》に持ち替える。

菊を屋敷に逗留させることは、書状で佐奈姫に知らせていた。すぐにもたらされた返信には、それなら安心だという喜びが認《したた》められていた。

まあ、みんなが喜んでいるんだからいいことだ……。禎次郎はトンカンと釘を打つ。

「旦那様」

縁側からの五月の声に、禎次郎は立ち上がった。

「おう、なんだ」

「今、若埼家からお使いが見えて、これを旦那様にと」

そういって書状を差し出す。

受け取った禎次郎は、部屋に上がってそれを開いた。文字を目で追うと、

「なんと……」

と、口が開いた。


三日後。

禎次郎は菊を連れて、谷中の桃源院の山門をくぐった。

「おう、禎次郎、来たか」

参道を掃いていた一炊が振り向く。作務衣でもなく、ほころびた墨染めでもなく、今日は小豆色《あずきいろ》の衣に袈裟をまとっている。

「はい、佐奈姫様から書状を受け取って、驚いたんですが……」

禎次郎の戸惑いに一炊も頰を歪める。

「うむ、わしにも数日前に使いが来てな、頼まれたんじゃ。姫さんと若君が文で相談し合ったらしいの。まあ、よかろうて」

山のほうから、八つ刻（午後二時）を知らせる鐘が鳴りはじめる。八回打つ前に、まず鳴らす三回の捨て鐘だ。

「そろそろ来るじゃろう。中で待つことにしようぞ」

はい、と禎次郎は菊を本堂に案内する。

入ると、正面に、い草《ぐさ》で編んだ丸い敷物が二列に並べられていた。

「菊殿はこちらがいいかな」

一枚を取ると、禎次郎は菊を隅へと誘った。

一炊は線香に火を点けると灰に立て、本尊の薬師如来《やくしにょらい》に向かって手を合わせた。香の香りが漂い出す。

外から足音が響いてきた。

「あ、見えたようですよ」

禎次郎に続いて、一炊も入り口に立った。

山門から入って来た二つの駕籠が置かれ、人が下りてくる。佐奈姫と父の清道だ。

家臣の佐々木が数人の供をうしろに控えさせた。

「父上、こちらです」

佐奈姫が父を先に立たせて、本堂の階段を上がってくる。ものめずらしそうに見まわす清道が、禎次郎に気づいて目を合わせた。

「お運びいただき恐縮です」

禎次郎が礼をすると、清道は穏やかに微笑んだ。

「いやいや、先般は世話になった。こたびのこと、御苦労である」

と、その顔を傍らの一炊へと向けた。

「一炊和尚様ですな。娘から話を聞きました。観音像を修復していただきましたそうで、ありがたく思うております。お礼かたがた、受け取りに参りました」

「いやなに」一炊は奥へと促す。「まあ、どうぞ、これも御縁じゃろうからお参りください」

「はい」

清道と佐奈姫が、薬師如来の前に座って手を合わせる。礼をして顔を上げた佐奈姫は、片隅に控える菊の姿に気がついた。

「まあ、菊」

すぐに寄って行って、二人は話をはじめた。

清道は一炊に話しかけている。

そこに外から、ざわめきが起きた。

禎次郎が覗きに行くと、山門から入って来た新たな行列が止まったところだった。

駕籠は一つで、傍らに北吉利房が付いている。ざわめいているのは控えていた若崎家の家臣と、付いて来た北吉家の家臣らだ。

駕籠から人影が現れる。北吉利右衛門だ。

利右衛門は若埼家の家臣らを見て形相を変えると、利房を振り返る。

「利房、これはなんとしたことか。聞いておらぬぞ」

「お許しを。中で説明申し上げますので、父上、どうか本堂へお上がりください」

憮然とした父を伴って、利房が入ってくる。

その姿に清道が腰を浮かせて、佐奈姫を見た。

「どういうことか、これは」

「父上、お許しください、お話ししたきことがあるのです」

利房も父を半ば強引に、向かいの敷物へと座らせる。

「父上、しばしこの利房におつきあいください。お願い致します」

向き合った二人の殿様は、むうと口を曲げて睨み合う。

一炊は入り口側に移ると、本尊に向き合うように、二人のあいだに座った。その顔を北吉利右衛門に向けて、にやりと笑う。

「御子息には考えがあってのこと、そうお怒り召されるな」

「一炊和尚というのは貴殿か」

「はい、いかにも」

「そうか、ではこれを」

利右衛門は懐から包みを出すと、膝の前に置いた。

「利房から話を聞いておる。先般、我が家中の者が浪人を使い、若埼家の仏像を盗み取らせたとのこと。それを探し出し、一炊和尚殿が直してくださったそうですな。当方の不始末ゆえ、賠償をするのが道理と息子にいわれ、こうして参じた次第。お納めくだされ」

「父上」傍らの利房が小声でいう。「若埼家にもお詫びを」

むう、と利右衛門は顔を歪めて、清道を見る。

「こたびの不祥事、我が意とはあらずも……真に、い、遺憾である」

吐き出すようにいう。

清道は眉間のしわを和らげた。

「ふうむ。いや、こちらも聞くところによれば、以前、我が家来がそちらの奉納太鼓を壊したとのこと。こたびのことはその意趣返しであろうと皆がいうておる。されば、これで相殺《そうさい》。賠償も要りませぬ」

禎次郎は一炊のうしろから、斜めに膝行して進み出た。

「あの、では、仏像を盗んだ件は、不問に付されるということでしょうか」

「うむ」清道は頷く。「こうして戻って来たことでもある。もう問わぬ」

「そうですか」

ならば豊之助の罪も問われずにすむ、ありがたい……。その禎次郎の思いに利房の声が重なる。

「ありがたき御配慮、お礼を申し上げます」

頭を下げる息子を睨んで、利右衛門が腰を上げる。

「これでよいであろう、帰るぞ」

「お待ちください」

利房があわてて袖を引く。

「うむ、しばしお待ちを」

一炊が厳かな声を出した。

利房と佐奈姫が目顔で頷き合う。佐奈姫は一炊に頭を下げた。

「和尚様、お願い致します」

うむ、と一炊は傍らに置いていた木箱から観音像を取り出した。底の穴を見せて、巻物を取り出す。

「観音像を直しているときに、胎内に納められているのを見つけた。祈願文じゃ。若崎家の亡き奥方喜代江殿の書かれたものじゃと、ここな姫御が確かめられた」

「喜代江の」

驚きの声を上げる父に佐奈姫が頷く。

「はい、確かに母上のお蹟《て》です」

なんと、と利右衛門が身を乗り出す。

「では、読みますぞ」

一炊は背後から差し込む日射しに巻物を広げると、澄んだ高らかな声で読み出した。

「南無十一面観世音菩薩《なむじゅういちめんかんぜおんぼさつ》。若崎家と北吉家の和睦を祈願致します。両家の不仲は清道様への我が想いを貫いたゆえに生ぜし不幸。おのが身を懺悔《さんげ》致し、一心不乱に両家の和睦を願い奉ります」

一炊が巻物を下ろす。

「最後に喜代江殿の名も記されておる。これは祈願文であり懺悔文でもあるようじゃな。深い思いで書かれたのであろう」

清道と利右衛門が呆然とした面持ちで見つめ合う。

「どういうことだ、喜代江殿が想いを貫いたというのは」

やっと開いた口で利右衛門が問うと、清道は首を振った。

「わからぬ」

「そなた、先《せん》から喜代江殿を知っておったのか」

「いや、知らぬ。婚儀の折りに初めて会うたのだ」

「父上」

首を振る清道に、佐奈姫が凛《りん》とした声を上げた。

「わたくし、これを読んですぐに思い出したのです。母上が昔、わたくしにこう申したことがありました。父上は初恋のお方、桜の君なのです、と」

佐奈姫は顔を巡らせて、

「菊、こちらへ」

と片隅の菊を呼んだ。

はい、とやって来た菊は、場所を譲った禎次郎の敷物に座る。

清道はその顔を見つめて、おお、と頷いた。

「そなたは喜代江について参った奥女中であったな。そうだ、佐奈の乳母も勤めてくれておった」

「はい。御無沙汰をしております。佐奈姫様に呼ばれ、まかり越しました」

「菊や、母上のこと、そなたなら知っておろう、話しておくれ」

姫に促され、はい、と菊は姿勢を正す。

「お殿様はお忘れのようですが、喜代江様とは縁談が持ち上がるずっと以前に、一度、上野の山でお会いになっているのです」

「なに」

「はい。喜代江様が十四になられた年でした。上野のお山に桜の花見に参りましたところ、それは大層な人出で、喜代江様は男に弾かれて転んでしまったのです。そこに手を貸してくださったお方がいらっしゃいました。お手を添えて立たせてくださり、着物の土まで払ってくださいました」

皆の目が清道に集まる。が、清道は眉を寄せて首をかしげる。

菊は気落ちしたように、言葉を続ける。

「その方は、微笑んでそのまま行ってしまわれました。喜代江様はお名を問うようにいわれたので、わたしはあわてて御家来を追って、お訊ねしたのです。それが若埼家の御嫡男……お殿様であられたのです」

「なんと……いや、覚えておらぬ」

菊はちらりと北吉利右衛門を見る。

「それからのちに、喜代江様に北吉様との御縁談が参りました。喜代江様は奥女中が産んだ姫様で、母は御側室にも取り立てられずに宿下がりをさせられました。ために姫様にはやさしくかばってくださる母御もなく、扱いも軽く、おそばで見ていてお気の毒に思うたほどです。こう申しては御無礼なのですが、嫁ぎ先も、殿はお知り合いの旗本にすべて任されたのです」

「それで、わたしに話が来たのか」

利右衛門が口を歪ませる。

「はい」菊は肩をすくめる。「ですが、それを喜代江様に告げると、首を振られて、嫁ぐのなら桜の君に、とおっしゃって……」

「なんと」

二人の殿様の声が重なる。菊はあわてて双方を見た。

「喜代江様はお寂しかったのです。それゆえに想いを大事にされ、愛《いと》しい方と添いたいと思うただけなのです。お察しくださいませ」

　皆が黙り込み、息の音だけが流れる。と、利右衛門がその沈黙を破った。

「そのようなことであったとは、思いもせなんだ」ゆっくりと清道を見つめる。「そうとも知らず、そのほうが我が縁談に横槍を入れ、喜代江殿を奪い取ったと考えていた。無駄な時を過ごしたものよ」

　ふう、と清道も息を吐く。

「なんとも……喜代江はなぜ、いわなんだか」

「喜代江様は」菊が片手をつく。「嫁がれてから、両家の仲違いを知ったのです。いえるはずもありません。このようなことならば、思いを伏せて北吉家に嫁げばよかったと、悔いておられたほどです」

「悔いて……」利右衛門が拳を握る。「なれば、わたしが強引にでももらっておけばよかったのか。さすれば悔いることもなく、喜代江殿は幸福になれたであろうに」

「なんと……喜代江が不幸であったと申すか」

　清道が声を荒らげる。

「まあまあ」

　一炊が手を上げた。

「落ち着かれよ。喜代江殿がたとえ北吉家に嫁がれたとしても、やはり悔いたであろう。悔いというのは選んだ道のせいで生じるわけではない。悔いる心を持つお人は、どの道を選んでも悔いるのだ。もし、北吉家に嫁いだら、やはり思う人に嫁げばよかったと、一生、悔いを残したであろうよ」

二人の殿様がぐっと喉を詰まらせる。

「はい」佐奈姫が大きく頷いた。「わたくしもそう思います。母上は、小さなことでも悔いて塞ぐことが多うございました。どちらの道を選んでも、同じであったことでしょう」

ううむ、と禎次郎は想わず唸っていた。

「だとしたら、どうすればいいんでしょう」

「ふむ、そりゃぁ、簡単なことよ」一炊が笑う。「今が最良と思えばいいんじゃ」

「今が……」

「そうじゃ。選んだ道は最良であったと思うしかない。もう、戻ることは叶わないのだからな。それゆえ、その道を歩んできた今が最良なんじゃ。そう思えば悔いなど湧いてはきまい」

「なるほど」

と、頷く禎次郎に、一炊は頷き返す。

「それにのう、先は変えられるもんじゃ。振り返って、しまったと思ったら、そこから先を変えていけばいいだけのことよ」

それぞれが小さく頷いて聞いている。

「父上」利房がいう。「変えましょう」

「父上」佐奈姫も倣う。「これをよい機と成せば、母上も喜ばれます」

「うむ」

と、二人の殿様の声が、再び重なる。

「そうだな」

殿様同士が、頷き合った。

駕籠を挟んでそれぞれの行列が整う。

佐奈姫は菊を己の駕籠へと導いた。菊は若埼家に泊まり、積もる話をすることになったらしい。

「菊、この駕籠に乗ってお行き」

「まあ、そのようなこと、滅相もない」

「よいのだ、わたしはお山にお参りをしてから帰ることに致す。願い事が叶ったのだから、お礼をせねば罰が当たってしまうゆえな」

ふふ、と佐奈姫が笑う。

「それならばわたしも参ります」

利房が歩み寄った。

「まあ、なれど」

「いいえ、わたしはどのみち歩きです。姫をお送りしましょう」利房は父を振り返る。

「いいですか」

「好きにせい」

利右衛門の言葉に、若い二人が行列から離れた。

利右衛門は駕籠に手をかける。

同じように駕籠に乗りかけていた清道が、ふとその動きを止めて利右衛門を見た。

「北吉家はよき子息を持たれたな」

ふむ、と利右衛門も手を止める。

「そちらの姫もなかなかのものだ。さ、先に出られよ」

整った行列が動き出す。

若埼家の行列に続いて、北吉家もゆっくりと出て行く。

それを見送った禎次郎は一炊と顔を見合わせて、大きく腕を開いて空を見上げた。

## 四

谷中から早足で、禎次郎は屋敷へと戻った。

木戸門を抜けて、そのまま庭の奥に向かう。稽古をしている平四郎と豊之助のかけ声が響いたからだ。

「豊之助殿」

声がやみ、木刀を宙で止めた豊之助に禎次郎は走り寄る。

「吉報だ。例の山での件は、無罪放免に決まったぞ」

「真《まこと》か」

目がみるみる見開く。

「おう、本当だ。これでもう大手を振って家に帰れる」

「ほう」平四郎が歩み寄る。「それはよかった。なれば、いおう。豊之助殿、さる旗本の家で剣術指南役を探しているのだが、いかがか」

「は……仕官、ということですか」

「さよう。拙者に声がかかったのだが、流派が違うので断ったのだ。その家は一刀流の流れだそうだ、ちょうどよい話であろう」

「しかし、わたしのような者が……」

「なに、申し分ない。この話、押さえてもらっておるゆえ、さっそく明日、屋敷に参ろう。御前で拙者と立ち合いをしてみせれば、その場で決まるであろう」

「は、はい」

豊之助が直立する。

「はい、よろしくお願い致します」

身体を直角に曲げると、あ、と顔を上げた。

「は、母上に、知らせて参ります」

おう、と禎次郎は見送る。

「ふむ」平四郎が木刀を掲げる。「よい稽古の相手を失うのは惜しいがな」

禎次郎が肩をすくめる。

「すみません、へたくそしか残らずに」

「まったくだ」

平四郎がめずらしく笑顔になった。

夕餉の膳を片付けていると、杉村吉兵衛が食べ終えた自分の膳を持ってやって来た。

「ごちそうさまでした」

「いえ、お粗末様で」

五月が膳を受け取ると、吉兵衛は改めて禎次郎らに向かって正座をした。

「考えたんですが、明日、お暇《いとま》します。お菊を迎えに行って、そのまま染井村に帰りますんで」

「まあ」

と、滝乃が台所からやって来た。

「もっとゆっくりとしていけばいいじゃありませんか。わたしはまだお菊さんに聞きたいことがあったんですよ。枝の曲げ方とか、葉の落とし方とか……」

「いやあ、すんません。けど、家のほうも気になるんで。若い者にまかせてきたものの、今の時分は枝も伸びるし、葉も芽も出るしで、まめに手入れをしないとだめになっちまうんですよ」

吉兵衛はいう。

まあ、と残念がる滝乃をなだめるように、栄之助がいう。

「いや、それなら、今度はこっちから行けばいい。わたしも盆栽を買いたいから、吉兵衛殿、いいのを見つくろっておいてください」

「へい、まかせてください」

「まあ」滝乃の顔がほころぶ。「そうですね、染井には行ったことがないので、おもしろそうですね」

「へえ、来たことがないのなら、是非。王子《おうじ》も近いから、ゆっくりなさるといい。飛鳥山《あすかやま》はいい所ですよ、王子稲荷《いなり》もありますしね、こーんと鳴く狐も見られるかもしれやせん」

吉兵衛の口調には、武士と町人の言葉が入り交じっている。

栄之助はしみじみと、その陽に焼けた首筋を見た。

「吉兵衛殿は、なぜ、御家人から植木職人になられたのか。ずいぶんと思い切ったことだが」

「いやあ、簡単なことでさ。うちは娘が四人で跡取りはなし。婿を取ろうとも思ったんですがね、考えてみりゃ、それほどの家でもない。それにわたしはもともと植木が好きで、役人仕事が嫌いだったもんで」

「ほう、確かに、役人は好きでやる仕事じゃないからなぁ」

栄之助の言葉に、禎次郎は驚く。

「え、父上もお好きじゃなかったんですか」

「好きなもんか。小役人など、誰もが身過ぎ世過ぎだろうよ。食い扶持《ぶち》のために、我慢をしておるだけのことよ」

「ええ、ええ」吉兵衛が頷く。「わたしもそうでした。上にへつらい、下からは突き上げられ、おもしろいことなんぞ、一つもありゃしない。だからね、考えたんですよ、我慢して最後まで続けたって、貧乏御家人に変わりはない。どうせ貧乏なら、おもしろい貧乏のほうがいいじゃないかってね」

ほう、と巻田家の声が揃う。

「はい、だから、末の娘の片付いたのと同時に辞めちまった、というわけです」

「へえ、やっぱり思い切りがいいですよ、それは」

感心する禎次郎に、吉兵衛はいやいやと手を振る。

「こらえ性がないだけです。向き不向きといいやしょうか、実直なお人なら、かえって職人なぞしんどいだけでしょうがね、わたしはいい加減な質《たち》だから、おもしろくやっていけるだけですよ」

「向き不向きか」

禎次郎はうーんと首を振る。

「確かに、そいつは大事ですね」

「そうですとも」

滝乃が横に座った。

「婿殿は婿に向いています。運がよろしいこと」

栄之助と五月が黙って頷いた。


翌日の夕餉のあとには、豊之助と芳野が並んで座った。

豊之助はかしこまって手をついた。

「皆様、仕官が決まりました」

「おう」禎次郎が膝を打つ。「先生のいっていた旗本のお屋敷か。行って来たのか」

「ええ、今日、殿様の御前で先生と立ち合いをし、無事、剣術指南役のお役をいただきました」

「まあ、それはようございました」

「ええ、本当に」

滝乃と五月が手を打つと、豊之助は目を細めた。

「ありがとうございます。お屋敷の長屋に母と住んでもよいということなので、明日、こちらから深川の長屋に戻り、そこを引き払って移ります」

「まあ、明日」

滝乃が目を剝く。

「皆様」

芳野が額がつくほどに、頭を下げた。

「皆様の御厚情、決して忘れませぬ。なんとお礼を申し上げればよいか」

「まあ、まあまあ……」

滝乃はきっ、と豊之助を見た。

「豊之助殿だけ先に参ればよいではありませんか。芳野さんはもっとゆっくりとここにおられればよいのです」

「なにをおいいです、母上」

五月がたしなめると、栄之助も頷いた。

「そうだぞ、いくら気が合ったからって、無茶をいうでない」

「まあ、なれど、寂しくなってしまうではありませんか」

口を尖らせる滝乃の手を、芳野が取る。

「滝乃さん、よろしければ、これからもときどき、お邪魔させてくださいませ」

「ええ、ええ、是非に。本当に来てくださいよ」

「はい」

禎次郎は呆気にとられてそのようすを見ていた。

滝乃の口から、寂しいなどという言葉は聞いたことがない。素直な滝乃も初めてだ。

へえ、人ってのは奥が深いな……。禎次郎は弛んでくる口元をそのままに、母の姿を見つめていた。

## 五

山を見廻る禎次郎の背を、いきなり叩く手があった。

「よう」

兄の庄次郎だ。

「ああ、兄上、このあいだは……」

いいかけるのを遮って、庄次郎が首を伸ばす。

「禎次郎、そなた、源内先生と知り合いなら、なぜ、教えなかった」

「なぜって、そりゃ、兄上があんなに源内先生を好きだとは知らなかったんだから、しょうがない」

「好きに決まってるだろう、絵師なんだぞ」

わかったようなわからない理屈に、禎次郎は「そうか」と笑ってごまかす。

「で、なんなんだい。筆代はこの前、渡したろう。なにに使ったかは知らないけど」

ああ、と庄次郎は胸を反らす。

「おれは稼ぐことにしたんだ」

「は」

「だから、寺で天井画とか襖絵とかの注文があったら、教えてくれ。それに、屏風でも似顔絵でも、なんでも描くぞ」

鼻の穴をふくらませた兄に、禎次郎は身を反らす。

「どういう風の吹きまわしだい」

「おう、おれは長崎に行くことにしたんだ。源内先生が、長崎に来たら西洋画を見せてあげよう、とおっしゃったんだ。だから、行く。そのために稼ぐ」

へえ、とますます身を反らせた。稼ぐことには無頓着に見えた兄が、別人のように見えてくる。

「源内先生はすごいぞ、なんでも知っておられる。海の遥か向こうの阿蘭陀《オランダ》にはな、我々の見たこともないようなものがあるんだそうだ。でっかい船にいろんな物を積んでやって来るらしい。食う物も違うし、着る物も違う、絵もまったく違うそうだ。どうだ、わくわくするだろう」

兄は禎次郎の腕をとり、子供のような笑顔を向けてくる。

「だから、絵の注文があったらまわしてくれ。いいな」

「あ、ああ、わかった」

頷く禎次郎に、兄はくるりと身を翻して見せる。

「じゃ、な」

そのまま、ひらひらと山を下って行った。

中食をすませて山に戻ると、参道を上る枯れ枝のようなうしろ姿が目に入った。一炊だ。が、なにやらよろよろとしている。

早足で追いつくと、禎次郎は前にまわった。

よろめいていたのは、両手に大きな木を抱えているせいだとわかった。

「一炊和尚」

「おお、禎次郎か」

「持ちますよ、ください」

両手を伸ばすと、一炊は「そうか」と木を手放す。

禎次郎は前に抱え直すと、いっしょに歩き出した。

「薪にするんですか、おれが割りましょう」

「ばかもん、それは仏様じゃ」

「はぁ」

「その桂《かつら》の木でな、お地蔵様を彫るんじゃ。わしゃ、お地蔵様を百体彫ると決めたのよ」

はあぁ、と禎次郎は一炊の顔を覗き込む。

「百体とはまた……大変なんじゃないですか」

「大変だからやるんじゃ。簡単なことならやる意義がないわい」

なるほど、とつぶやく禎次郎を、一炊は上目で見上げるとにやりと笑った。

「そなたのおかげじゃ」

「は」

りとな」

「実はな、あのあと若埼家と北吉家から、お布施が届けられたんじゃ。それもたんまりとな」

「ああ、修復をしてくださったお礼を兼ねているんでしょう。北吉家も賠償するといってましたしね」

「うむ、それにしては多すぎる額だがな、まあ、志と思うてありがたくいただいた。これで当分、食う心配はせずにすむし、それどころか木も買える。と、いうわけでお地蔵様を彫ることを思いついたのよ」

「へえ、けど、地蔵様をそんなに彫ってどうするんですか」

「お堂を建てて、百地蔵としてお祀りするんじゃ。迷いを持つ者がいつでもお参りできて、心が慰められるようにな。わしゃ、あの両家の一件で、人の迷いの深さをしみじみと感じてな、僧としてできることを考えたのよ」

「なるほど」

禎次郎は、一炊を見つめ、それから空を見上げて、ほうと息を吐いた。

「みんな大きいな」

「なんじゃ、禎次郎は充分に大きいではないか」

見上げる一炊に、禎次郎は首を振る。

「いえ、背丈のことではなく……志というか、人としての器というか……」

禎次郎の脳裏には田沼意次や平賀源内、兄の庄次郎らの顔が浮かんでいた。

「おれなど、この小さな山をぐるぐる廻っているだけで世の役に立つわけでもなく、なんとも埃《ほこり》や塵《ちり》のようにちっぽけなものだな、と感じるんです」

禎次郎の神妙な顔を見上げて、一炊が笑い出す。

「なんじゃ、そんなことか」

「そんなことって……」

口を歪める禎次郎の背を、一炊はぽんぽんと叩く。

「天台宗《てんだいしゅう》を開かれた最澄《さいちょう》というお坊様はな、一隅《いちぐう》を照らす、という言葉を残された」

「一隅とはなんですか」

「片隅ということよ。照らす灯りは人じゃ。どんな者でも、灯りなんじゃ。たとえ小さなことでも、その者にしかできないことがあろう。今晩、家族に飯を炊くこともそうだし、明日、水を汲むこともそうだ。そして、その者は誰かにとっては、大事な人なんじゃ」

黙って耳を傾ける禎次郎に、一炊が頷く。

「人はどんな片隅にいようと、小さかろうと、いるだけでまわりを照らす灯りなんじゃ。最澄様はな、そうおっしゃりたかったんだと、わしゃ思うておる」

なるほど、と頷く禎次郎の背を、一炊はまたぽんと叩いた。

「今も、そなたは役に立っておるぞ」

はあ、と禎次郎は抱えた木を見つめる。

「それじゃ、お寺までお持ちします」

「うむ、頼むぞ」

一炊は、かかかと笑った。


二日後。

ぶらぶらと見廻りをする禎次郎に、走り寄る男がいた。

「巻田禎次郎殿」

佐奈姫の家臣佐々木一乃進だ。

「おや、これはどうも」

向き直る禎次郎に、佐々木は足を止めずに、くるりと踵を返した。

「こちらに来てください」

は、とわけのわからないまま、とりあえず付いて行く。

東照宮の手前で止まると、そこには一炊と流雲の姿があった。

「おや、どうしたんです」

「ふむ、若埼家から使いが来たんじゃ」

一炊の返事に流雲も続ける。

「そうよ、なんだか知らんが、東照宮まで来てくれといわれてな」

「はあ」

呼びに来た佐々木は、そのまま参道へと下りて行き、もう姿はない。

しばらく佇んでいると、参道を登ってくる人々が見えてきた。

先頭を若埼清道と北吉利右衛門が並んで歩いている。

えっ、と禎次郎らは顔を見合わせた。

清道のうしろには、跡継ぎの長男清近と佐奈姫が付き従い、家老の姿も見える。

利右衛門のうしろには、若殿の利光と次男の利房が付いている。

一行は坂を上がって、東照宮の鳥居の下に着いた。

こちらを見て頷く清道の目顔に促され、禎次郎らが近づいて行く。

二人の殿様は、踵を返して家臣に向き直った。

「よく聞け」

北吉利右衛門が口を開いた。一行はしんと静まる。

「我が北吉家は長年、若崎家との確執があった。それは我が身の不徳の致すところであった。それを改め、もはや我が胸中は晴れやかである。よって、本日この場を以って、両家の和睦を宣じる」

家臣のなかから、小さなざわめきが起こる。

「静まれ」

若崎清道が声を張る。

「わたしも気持ちを改め、いっさいの腹蔵を捨てた。家中の者もこれまでの諍いをすべて水に流し、性根を入れ替えることを命じる。よいな、両家の和睦を、ここで神君家康公にお誓いするのだ」

「はっ」

家臣らの声が揃った。

二人の殿様は向き直ると、東照宮に拝礼をした。

皆も整然と頭を下げる。

それを遠巻きに見ていた人々からざわめきが広がった。

「へえ、両家が和睦だってよ」

「そいじゃ、もう、あの大名家のけんかは見られねえんだな」

「なんだ、おもしろくねえな」

「しっ、聞こえるぜ」

それを見ながら、禎次郎はなるほど、と納得する。こうして公《おおやけ》にすることで、世に知れ渡った両家不仲の噂も払拭《ふっしょく》する意図なのだろう。家臣にしても、大勢の人々と家康公の前で誓いを立てさせられれば、もう二度と騒ぎは起こせない。

そう感心する禎次郎の前に、佐々木一乃進がやって来た。

「お世話になった皆様には是非、お立ち会いいただきたいと、佐奈姫様が申されましたので」

「ほうほう、よいことじゃ」一炊が頷く。「しかし、ようもここまで心が通じ合うようになったものじゃな」

「はい、佐奈姫様とあちらの利房様が力を尽くされたのです」

にこりと笑って佐々木が一行を振り向く。

二人の殿様も、再び家臣に向き直ったところだった。

「この誓いを決して忘れるでないぞ」

清道がいうと、利右衛門も言葉を続けた。

「それに、両家は縁戚となることが決まった」

え、とまたざわめきが起こる。

清道は頷いて、家臣らを見渡した。

「我が娘佐奈は、北吉利房殿に嫁ぐことと相成った。この先、両家は手を取り合うて家を盛り立てていくこととなる。皆、心して務めよ」

「ははぁ」

声が揃う。

「へえ、そりゃめでたい」

破顔する禎次郎に「はい」と会釈をしながら、佐々木が戻っていく。

佐奈姫と利房が、こちらを見て小さく頷いた。

一炊と流雲も頷く。

禎次郎は、思わず手を打ち鳴らしていた。

暮れ六つの鐘の余韻を背に、禎次郎は屋敷へと帰り道を歩く。よい気分のせいで足取りも軽い。

「ただいま戻りましたよ」

と、戸を開けて、禎次郎はぎょっとする。

上がり框に家族三人が、膝を揃えて並んでいるではないか。

「な、なんなんですか」

そういいつつ、横に並んだ荷物に目が奪われた。

大小の木の箱や樽、包みなどが積まれている。

「なんですか、こりゃ」

「婿殿への届け物です」

滝乃が一つ一つ指で示す。

「若埼家からお米と醬油、味噌、それに反物です」

反物の包みを下に置いてほどく。

「ごらんなさい、これは婿殿のものでしょう」

薄茶色の縞柄《しまがら》の反物を見せる。

「それに、これはわたくしと五月の反物と思われます」

薄い鼠《ねずみいろ》色の小紋と薄藤色《うすふじいろ》の反物を広げる。二人にいかにも似合いそうな色合いだ。

佐奈姫は、家に来たときに対応した五月と滝乃の姿を、ちゃんと見ていたのだろう。

「はあ、なるほど、姫君はお心遣いが細やかだ。いいじゃないですか」

禎次郎の言葉に、滝乃は反物をくるくると丸めた。

「なれど、これは呉服屋へ持って行きます」

「は、なぜですか」

「このようにいい物を仕立てても着ていく所などありません。それよりも、質を落とした物なら、きっと二本と取り替えてくれます。それで一本は旦那様の着物を仕立てます」

え、と栄之助が驚く。

「いや、おれのことは気にしなくともいいぞ」

「いいえ、おまえ様の着物はどれもくたびれております。新しく仕立てて、それを着て王子に参りましょう」

滝乃が照れつつも楽しそうに微笑む。

「そうしてもかまいませんね、婿殿」

「ああ、はいはい、どうぞお好きに」

禎次郎は樽に目を奪われていた。

五月はそれを察して、微笑む。

「そちらは北吉家というお家からですよ。うしろの壺はお茶だそうです。木箱は、先ほど開けて見たらお菓子が入っていました。それに……」声を落とす。「小さな包みも……」

おそらく金子《きんす》だろう。

しかし、禎次郎は「そうか」と頷きながら、樽に寄って行く。栄之助も同じに、樽の前にしゃがんだ。

「ささ、婿殿、ちょっと栓を抜いてみろ」

「はい」

木の栓をきゅっとひねって開ける。

甘さのなかにさわやかさの混じった香りが、ふわりと立ちのぼった。

「おお、このあいだの酒とは違う匂いだな」

「ええ、これは辛口かもしれませんね」

二人は互いに見交わしてにっと笑う。

滝乃と五月はそれをあきれたように見つめているが、二人は気づいていない。

「やりましょうか」

禎次郎が手を口元に持って行く。

「お、いいな」

栄之助も指を丸くして、くいと口元で傾ける。

「まあ、なんでしょう、お酒ばかりに夢中になって」

目尻を上げる滝乃の横で、五月は笑いを嚙みしめている。

栄之助は胸を張る。

「いいじゃないか、婿殿の働きの成果だ」

「だからといって、なにゆえにおまえ様が威張るのです」

「なぜって……そりゃ、婿殿の威を借りる狐だからだ」

「まあっ、情けない」

怒る滝乃から顔を逸らして、禎次郎と五月が笑い出す。

禎次郎は上目で滝乃を窺うと、そっと人差し指を立てた。

「一合だけならいいでしょう」

「まあ、婿殿」

滝乃が顎を上げる。

「一合などとしみったれたことをいわず、好きなだけお飲みなさい」

「え、いいんですか」

「武士の妻に二言はないっ」

滝乃が腕を組む。

へへえ、と栄之助が平伏のまねをした。

ははぁ、と禎次郎もまねをする。

「では、支度を致しましょう」

五月がゆっくりと立ち上がった。

時代小説
二見時代小説文庫

# けんか大名《だいみょう》　婿殿《むこどの》は山同心《やまどうしん》3

著者　氷月《ひづき》 葵《あおい》

発行所　株式会社 二見書房
東京都千代田区三崎町二―一八―一一
電話　〇三―三五一五―二三一一［営業］
〇三―三五一五―二三一三［編集］
振替　〇〇一七〇―四―二六三九

印刷　株式会社 堀内印刷所
製本　ナショナル製本協同組合

落丁・乱丁本はお取り替えいたします。
定価は、カバーに表示してあります。

 ISBN978−4−576−16010−8
http://www.futami.co.jp/